ビリで上等、ずっとLOVE《ラブ》

発達障害と身体障害の子どもと歩んだ日々

小川悦子

創幻舎

もくじ

第4章 フォロー体制の大切さと支えてくれた家族や友人たち 107

第5章 発達障害の子どもをもつ親御さんへ 12のアドバイス 135

序章

トゥモロー　イズ　アナザー　ディ

本書を手に取ってくださり、ありがとうございます。

私には、3人の子どもがいます。長男は、発達障害のひとつであるアスペルガー症候群（アスペルガー症候群や自閉症などをまとめて「自閉症スペクトラム」と言うこともあります）、次男は予防接種直後の病気で重度の身体障害児、そして3人目はいたって普通の女の子です。

そんな「見えない障害」の発達障害と、「見える障害」の身体障害の子どものいる我が家は、世間から見れば「特殊な家族」なのかもしれません。

二人の障害児を抱えて過ごしてきた時間は、苦しくて悲しくて不安で仕方ない日々でしたが、時々、嵐の中の暗雲から一筋の光がさすような、親になったからこそ味わうことのできる、湧き上がるような幸せを感じることができました。

そんなとき、ふと、

「トゥモロー　イズ　アナザー　ディ」

という、映画『風と共に去りぬ』でスカーレット・オハラが語った最後のセリフが頭に浮かびました。

この暗い雲に覆われた空も、雲の上には必ず太陽がある。いつか晴れわたる日がくることを信じて、前を向いて生きて行こう。そんな心情でここまできたように思います。

長男は数字へのこだわりを活かしてエンジニアになりました（アスペルガー症候群の子どもは、数字にこだわることが多いのです）。次男は今から10年前、25歳の若さであの世に旅立ちました。長女は結婚して二人の子どもの母親になりました。

主人は自動車メーカーを退職して、現在は私と同じく介護系の仕事をしています。家族がそれぞれの道を歩んでいく中、ここ数年、私の目に飛び込んでくるのは、テレビや新聞、書籍などで取り上げられる「発達障害」という言葉です。

私がこれまで目にしてきたのは、今まさに発達障害の子どもを抱えて、途方にくれたり、絶望したり、この先どのように接していけばいいのかと困り果てている親たちの姿、そして、発達障害特有の症状を理解されずに世間から突き放され、周囲の人たちに迷惑をかけてしまう子どもたちの悲しい姿でした。

見えない障害に寄り添う気持ちがまずは大切

ここ数年、発達障害への研究が進み、世間への啓もうが広まったことで、「うちの子、ちょっと変かも？」という親の心配に対して、診断をしてくれる専門機関が増えました。昔なら、「知恵遅れ」「自閉症」という言葉しかなかったのが、「自閉症スペクトラム」（アスペルガー症候群や自閉症などをまとめた概念）、「注意欠陥多動症」（ＡＤＨＤ）、「学習障害」（ＬＤ）などさまざまな症状や特徴があることが分かってきました。

このように研究が進んで発達障害の特性が分類されたことで、「発達障害」だと認定される人も増えたと言います。

平成24年に行われた文部科学省の全国調査では、小中学校の通常クラスに在籍する生徒児童のなかで、発達障害の可能性がある生徒児童が約6・5％認められたと報告されました。つまり、15人に一人は発達障害の可能性があるということになります。一クラス約30人だとすると、クラスに二人は発達障害の子どもがいることになるのです。

子どもだけでなく、大人になってから発達障害だと分かる人も増えました。子どもの頃か

らずっと生きづらさを感じていた人が、

「もしかすると自分は発達障害かも？」

と、診断を受けて判明したケースが多いと聞いています。

そんな発達障害に注目が集まっている中で、私が子育てで経験してきた「見える障害」「見えない障害」の子どもたちとの日々、そしてそれを支えてくれた家族や親族、周囲の人たちとのサポートについて、一冊の本にまとめて伝えることができたら、悩みの真っ最中の親子を少しでも救えるのではないか、と思い始めました。


といっても、本書は「発達障害の子どもや親のためのノウハウ本」ではありません。ノウハウがメインになってしまうと、どうしても、

「うちの子も、アスペルガーなのにこの方法が当てはまらない」

と、逆に親御さんを不安にさせてしまうと思ったからです。

それくらい発達障害というのは、一人ひとり症状が違い、「自閉症スペクトラム」と、「注意欠陥多動症」と「学習障害」が微妙に重なり合っているケースも多いのです。

私が望むのは、少しでも発達障害の子どもを育てる親のみなさんの心を軽くしたい、とい

うことです。「もっとこうすればいい」ではなく、「私の今の気持ちと同じだ。絶望ではなく、子どもの可能性を信じよう」と思ってくださること。

障害児を育てることに疲れたとき、「親としての心づもり」を私の経験からお伝えできればと思いました。

もちろん、私がどのようにアスペルガー症候群である息子に接してきたのか、具体的なエピソードは書かせていただきましたが、それを押し付けるつもりはありません。

一例として受け取ってくださり、参考にしていただければ幸いです。

自分がやりたいことに熱中した娘時代

私はこの本を書くにあたって、自分のこれまでの人生をあらためて振り返ってみました。人生のさまざまな局面で、自分はなぜあんな選択をしたのだろう？　どうして、あんな振る舞いをしたのだろう？　何度も子どもを道連れにしてこの人生を終わりにしたい、と絶望したのに、踏みとどまれたのはなぜだろう？

そのように自分の人生を振り返ったとき、やはり根底にあるのは、自分が育ってきた生い立ちが関係するのだな、と気づいたのです。

ここで少し、私のことをお話しします。

私は１９５０年代初頭のベビーブームの終わりの頃、東京の片隅のごく普通のサラリーマンの家庭に生まれました。本当は4月生まれの予定が早まって3月に生まれてしまったために、同学年の子どもたちと比べると、身体が小さくて未熟な子でした。そのせいもあって、友達に負けまいという気持ちが強く、人一倍負けん気の強い性格になりました。

大正生まれの父親は、農家の出身。勉強が好きだったのですが、旧制中学までしか学べず、自力で生きて行くために当時は珍しかった大型自動車免許を取得したそうです。

戦争中はトラック部隊に配属され、終戦は満州で迎えました。戦後の時代の中、家族のために生きるのが精いっぱいだった父親は、ちょっと偏屈な性格でしたが、まっとうな人だったと思います。

母親は、小説「人形の家」の主人公・ノラのように一見従順で当たり障りのない人でしたが、娘時代は社交ダンスが大好きで、歌手になることが夢でした。思い込みが激しいので洗脳されやすく、詐欺師のカモになったこともありましたが、面倒見の良い典型的な昭和時代の母親でした。

2歳年上の兄は、180センチ、90キロの巨体に似合わず、ナイーブな性格で、絵画とクラシック音楽を愛していました。兄から、マーチン・ルーサー・キング・ジュニア牧師の「ワシントン演説」のレコードを聞かせてもらったのは、今でも本当に感謝しています。

ロマンチストの割に結婚が遅かったのは、自由奔放で喜怒哀楽の激しい妹の私を身近に見ていたからかもしれません。私を見て女性という生物に恐れをなしていたのではないか、と私は勝手に思っています。

私は、ほどよい自由とある程度、経済的にも恵まれた家庭環境でのびのびと育ちました。バレエ、ピアノ、絵画などお稽古事にも通いましたが、どれも中途半端で投げ出し、読書と音楽鑑賞に熱中した少女時代でした。音楽はラジオのFEN放送で流れるロックに夢中になっていました。兄の影響でドラマや映画の効果音や特撮にも興味をもち、将来は制作畑で仕事がしたい、という夢をもつようなりました。

中学・高校は田園調布にある私立の女子校に通いました。「捨我精進。良妻賢母こそ女性の生きる道」が指針の典型的な女子校でした。

中・高校時代は放送部に所属し、ラジオドラマやアフレコ、DJなどにのめり込んでいきました。授業中もラジオのリクエストハガキや番組の企画を書き、それが採用されるのを楽しみにしていました。

「演出ごころ」があれば、人生の難関は乗り越えられる

大学に進んでからも、演劇サークルを友人たちと立ち上げ、音楽や演劇に熱中する毎日を過ごしました。

大学2年のとき、劇団四季の日本初のオーディション・ミュージカル「アプローズ」に、ダンス留学から帰国した元ジャニーズのメンバーであった飯野おさみ氏が出演することを知りました。もともと飯野おさみ氏のファンだった私は、何が何でも、その日本上演のミュージカルに参加したいと願いました。

運よく、当時、劇団四季が研究生の秋募集をしていたので、私はためらうことなく応募することにしました。

選考日までに、劇団四季のレパートリーであった戯曲「ジロドゥ・アヌイ・ラシーヌ」などを読みまくりました。当日、浅利慶太氏との面接試験もあったのですが、私は合格したい一心で、

「大学は辞めます。親も金銭面で援助してくれると約束しています」

と、嘘も方便、一世一代の名演技をしました。そのこともあって、希望していた演出部の7期生として劇団四季に合格することができたのです。

私の劇団四季での仕事のほとんどは、資料作りやお茶くみなど雑用ばかりでしたが、目の前で「アプローズ」の再演、また「ジーザス・クライスト・スーパースター」「ウエスト・サイド・ストーリー」の舞台が出来上がっていくのを見ることができました。本当に幸せな日々でした。

しかし、「いつか立派な戦力となって仕事をしたい」という意気込みとは裏腹に、私は次第に、違和感を感じはじめていました。プロ集団の中でおっかけ気分の私が稽古場にいてもいいのか？　何の戦力にもなっていない自分が稽古場にいても意味がない、と思い悩むようになったのです。結局は、入団後二年経って辞めることに……。

退団後は、いわゆるフリーター状態。デパートのマネキンをしながらメイク学校に通い、修了後はテレビ局の美術部美粧室へ出向することになりました。

舞台とテレビの世界は全く別物でしたが、仕事現場は新鮮な発見がいっぱいでした。毎週末にテレビ局のスタジオにレッスンのためやってくる、ジャニーズジュニアたちのキラキラした笑顔を見ることもできました。これは、今でも記憶に残る楽しかった思い出です。

当時はメイクしか出来ず、まともなヘアーセットができませんでした。戦力になりたくて、今度はテレビ局で働きながら美容学校に通うことを決心。テレビ局の仕事を優先していたので、美容学校は補修と追試の連続。やっとの思いで卒業したものの、睡眠時間もなくめまぐるしく働いたせいもあって体調を崩し、結局、テレビ局でのヘアメイクの仕事も辞めることになってしまいました。


……ここまでが、結婚する前の私の人生模様です。

自分が夢見た、ミュージカル劇団のスタッフやテレビ局の美粧室に勤め、周囲の女の子から羨望のまなざしで見られる青春時代は、寝る間も惜しむ毎日でしたが、とても充実していたように思います。

芝居の世界にいた経験からか、私はきつい現実に直面すると、自分の置かれた状況を俯瞰して見て、

「こういう場合、どのように振る舞うべきかしら。どのような言葉（セリフ）が相手の気持ちをほぐすのかしら」

と考える癖が身に付いてしまいました。

自分の人生を演出する。そういうと少し大げさですが、人生の崖っぷちに立たされたときに、生身の自分をさらけ出すとあまりに辛いので、昔読んだ本や舞台や映画の主人公に置き換えて、

「こんなとき、あの主人公ならどう振る舞うのか」

と考えて、自分自身を演出し、人生の局面を乗り越えてきたように思います。

「演出ごころ」があると、自分自身を客観的にみることが出来ます。それができれば、悲しみの渦におぼれることはありません。どんなに辛いことがあっても、

「よーい、スタート！　はい、カット！」「笑顔でカーテン・コール」

と、気持ちを切り替えることができるのです。

退屈している暇もない、スリリングな人生

よく、生まれ変わっても同じ人生を歩みたい、という人がいますが、私はそれには反対です。この人生、一生懸命に生きたから、生まれ変わったら次は違う人生を生きたいと思っています。

人生には絶えず、選択肢があります。どの道を選んでも間違いではありません。行った先にはいい思い出もある。たとえ出来損ないの人生でも、一生懸命やってきたのだから、自分をほめてやりたいと思っています。

障害をもつ二人の子どもをもった私のことを、「大変な人生」だと同情する人もいるでしょう。でも、私には、

「退屈している暇もない、スリリングな人生」

として、自分にしか歩めない道を懸命に生きて来た自負だけはあります。

ここまで長くなりましたが、私のこれまでの人生について語らせていただきました。そんな人間だとご理解いただいたところで、次の章から波乱万丈だった私の子育てについて、お話ししていきたいと思います。

小川　悦子

小川家のメンバー紹介

●シゲル（夫）　元大手自動車メーカー整備士。早期退職後、現在は福祉関係の仕事に就く。

●エツコ（私）　劇団四季からテレビスタジオの美粧部の仕事へ。結婚後は3人の子育てに追われながら、現在は介護士として活動中。

●コウタ（長男）　アスペルガー症候群だが頭の良い子。エンジニアとして働く。

●ヤスオ（次男）　予防接種の直後、続発性水頭症のため体が悪い子に。25歳で夭逝。

●リカ（長女）　マイペースな普通の子。現在は二人の男の子の母として奮闘中。

第1章

見えない障害（アスペルガー症候群）をもつ息子

第1章

見えない障害（アスペルガー症候群）をもつ息子

パンドラの箱——認めたくなかった発達障害

長男のコウタが発達障害のひとつであるアスペルガー症候群だと正式に診断されたのは、コウタが17歳の夏でした。最近では発達障害に関する情報が書籍やネットでもたくさん掲載されているので、聞いたことがある方も多いと思います。

アスペルガー症候群とは、生まれつき脳機能の発達がアンバランスで、社会生活に困難が生じる障害を言います。

たとえば、あいまいな表現や冗談が理解できないため、いわゆる「空気を読む」ことができません。人の気持ちを察することも苦手なので、人間関係でのトラブルも多くなりがちです。

また、スケジュール通りにいかずに想定外のことが起こると、どうしていいのかわかららず、パニックを起こしたりします。

知能的な遅れはさほどなく、ときには人よりずば抜けてできることもあるので、周囲からは「わがままな人」「優秀だが変わり者」と、レッテルを貼られてしまうことが多いのも、アスペルガー症候群の人の特徴です。

長男のコウタはこだわりが強く、ときに感情的になってパニックを起こしてしまうことがしばしばありました。そんなコウタに対して、私はずっと「幼児期の成育環境が原因の情緒障害」と、思い込んできました。

当時は今よりも発達障害に関する情報が少なく、自分の子どもがまさかそれに当てはまるなど、思ってもいなかったのです。

気付くのが遅くなったのには理由があります。幼い頃、周囲の遊び仲間に同じ年頃の男の子がいなかったのが大きかったように思います。

幼少期、言葉が遅かったコウタに対して、

「男の子は女の子に比べて言葉が遅いのは当然よ。うちのお兄ちゃんもおむつが取れるの遅かったし」

などと人から言われると、自分の息子の言葉の遅れやおむつがなかなか外れないことも、正常の範囲内と思い込んでいたのです。

ただ、親の直感で「なんだかうちの子、他の子と比べて違う」と、感じることも多々ありました。

コウタが1歳6か月のときのこと。息子がすごく丁寧にミカン食べていたので、私が、「コーちゃん、一生懸命きれいにミカン、食べているね」と声をかけたのですが、そのすぐ後に、コウタの目にミカンの汁がピュッと入ってしまいました。すると、この世の終わりみたいにギャーと泣き出して、パニックを起こしてしまったのです。

また顔に水がかかるのもすごく嫌がり、お風呂でシャンプーするのも一苦労でした。一度、パニック状態になると人格が変わってしまうほどの怖がりようでした。

これはアスペルガー症候群によくある「突発事項に弱い」という特性によるものだったのですが、そのときは、コウタが完璧主義な性格だから、という解釈しかしませんでした。

1歳半、2歳と半年ごとの乳幼児健診の時には、以前から気になっていたコウタの言葉が遅いことや、おむつもまだ取れないことを、小児科医や看護師さんに相談してみました。

しかし、

「言葉が遅いのは、お子さんが自分で喋る前に周囲の大人たちが先回りして動いてしまった結果かもしれませんね。こちらからの問いかけに対しては、きちんと理解して指示にも従うので、もう少し様子をみましょう」

などと言われました。

そのときはホッと安心はしたものの、発達の遅れは続いていたので、不安と背中合わせの日々が続きました。

3歳の時には、さすがに言葉もなかなか出ないし、おむつも取れないのはおかしいと、自閉症を疑うようになりました。保健所に相談したところ、自閉症専門のカウンセラーの先生と面接の時間をとってくださいました。

その先生は、コウタとしばらくやり取りをしたあと、

「わたしは自閉症の子どもたちをたくさん見てきたけれど、コウタくんは話していても筋も通るし、目も合います。何が心配なの？」

と、おっしゃいました。

そこで、わたしがコウタの発達の遅れについて話すと、

「自閉症の子は、母親がそばにいなくても平気な顔をしているものです。でも、コウタくんは一人ぼっちになると泣くから、違うと思いますよ。障害があると思うより、エジソンの例もあるように、『うちの子、天才かもしれない』と思って、大事に育ててください」

と言われました。

専門のカウンセラーの先生にそう言われると、私も気分が良くなり、初めての子どもだから少し神経質に考え過ぎたかしら、と少し安心しました。


じつは私自身、普通の子どもより、自分の子どもは少しくらい変わっているほうがいいな、と思っているところがありました。

ですが、今思えば「子どもの良い面を見て育てましょう」という言葉は、発達障害の子どもには当てはまりません。

なぜなら発達障害の子どもは、ときにずば抜けている才能があったとしても、日常生活ではその「良い面」を上回るほどの「生きづらさ」を感じていることが多いからです。

発達障害の子をもつ親は「うちの子、天才かも」という思い込みをしがちですが、それでは、我が家のように長い間発達障害であることに気付かず、適切な対応が遅れてしまう可能性があります。

身体のぶつかり合いを嫌がる特異性

コウタは3歳から保育園に通わせました。するとすぐに、「人と身体が触れ合うのが苦手」という特異性が出てきました（これも、発達障害の症状のひとつです）。

3歳くらいの子どもというのは、何かと身体がぶつかり合うことが多いですよね。とくにトイレは、苦戦しました。先生が休み時間に、「トイレにいってらっしゃい」と、促しても、コウタはトイレの前で混み合って体がぶつかるのを嫌がり、一人、行きませんでした。

結局、おもらしすることも多く、見かねた先生が、コウタがモジモジし始めると、トイレに行かせる、という手間暇をかけていただくことになりました。

そういうこともあって、なかなか自分から「トイレに行きたい」とは言えなくなり、先生からの声かけのタイミングがずれてしまうと、おもらししてしまうことが入園後、一年は続きました。

でも、一対一だと会話も成り立つし、指示にもきちんと従い、すごくいい笑顔を見せるコウタは、先生たちからとても可愛がってもらいました。ただ、ほかのお友達からすれば、

「コウタくんは特別扱いされている」と思われることもあったようです。

言葉に関しては、単語はポンポン出るし、オウム返しもできる。3、4歳児に多いちょっと反抗的な言葉もなかったので、親からすれば育てやすい子どもでした。

ただ困ったのは、コウタがパニックを起こしたとき。こちらが感情的になると、言葉が出ない分、「ギャー」と叫んで暴れることも。

そうなると私もつい感情的になって説教してしまうこともよくありました。今思えば、「なんてバカなことを」と、反省するのですが……。

私自身は、育児書をたくさん読んで完璧に育ててきたつもりでした。その分、コウタの成長ぶりが育児書に当てはまらないと、「なぜ、どうして？　コウタは他の子と違うの？」と、イライラしたり落ち込んだりしていました。

そんな私の完璧主義がもろくも崩れ去ったのは、歯科健診でコウタに虫歯があると分かったとき。「こんなに毎日、一生懸命やっているのに虫歯ができてしまうなんて！」と、とてもショックでした。

自分は「ダメな母親」と落ち込み、健診の帰り道、歩道橋から「飛び降りたい」という衝動に駆られたほどでした。

それまでの私の人生は、大きな挫折もなく、さまざまなことをすべて自分で完璧にコントロールして生きてきました。子育ても一生懸命やってきた自負があっただけに、コウタの「一本の虫歯」は私にとって人生初の挫折といってもいいような事件だったのです。

次男の誕生で開花した圧倒的な才能

子育ての苦労や心配は、夫婦でどう分かち合えるかで変わってくると思います。ただ我が家の場合、主人が自動車メーカーでエンジニアをしていたため夜勤も多く、コウタと私の二人きりの時間がほとんどでした。

何か心配事があって主人に相談しても、もともと子どもと遊ぶ経験が少なかった主人は、「完璧主義なところは俺に似たのかな？ 芝居がかって大騒ぎするのはお前に似たんじゃない？」

と、笑い飛ばしてくれました。

私は専業主婦の家庭で育ってきたので、「男は外で稼いで、女は家庭を守るもの」と、思い込んでいました。

当時はバブルで、主人のお給料もたくさんあった時代。お金の心配もなく、専業主婦ができていたこともあって、だんだん仕事が忙しい主人に育児に関しての相談をするのが、何か申し訳ない気持ちになっていったのです。

●3歳違いの弟が生まれて

コウタは2歳になってもおむつが取れないと悩む私に、「一人っ子はダメよ。兄弟がいたほうが、こーちゃんにとってもプラスになるんじゃない?」と、ママ友たちからのアドバイスもあり二人目を考えることになりました。

それからすぐ妊娠し、コウタと3歳違いの弟・ヤスオが誕生しました。おなかにヤスオがいるときからコウタは兄弟ができることを喜び、生まれてからは弟のヤスオのことを、「ちゃーちゃん（赤ちゃん）！」と呼んで、とても可愛がっていました。

そんなコウタの様子を見て、周りのみんなは、

「こんなにいいお兄ちゃんはいないよ！」

と、褒めてくれました。それは私もとっても嬉しかった。

コウタは保育園から戻ると、赤ちゃんと遊ぶ日々でした。まだ言葉はあまり出ませんでしたが、赤ちゃんの面倒もよく見てくれるし、私も乳飲み子のお世話が第一になって、しばらくはコウタに関しての心配ごとが頭から消えてしまいました。

私がヤスオのお世話で手一杯になったので、休日、コウタの面倒を見るのは主人の役目になりました。

そうは言っても、公園で一緒に遊ぶわけではなく、もっぱら家の中で。主人がパソコンで作った簡単なゲームで遊ぶことが多くなりました。

最初は主人がやっているパソコンの動作を膝の上でじっと見ていたコウタでしたが、

「このキーを押すと色が変わって、マウスを動かすとコマが動くよ」

と教えると、小さな手でパソコンのキーをカタカタ押して、あっと言う間に使い方をマスターしてしまったのです。

まだ、たったの3歳半でしたが、私も主人も、

「すごいコウタ、天才じゃん！」

と、驚くやら嬉しいやら。

不思議なことにコウタは、絵本はなかなか読めないのに、パソコンのマニュアル書はどんどん読めてしまうのです。

これも発達障害の子の特性で、人の気持ちを読み解くような文学書は読み手によっていろいろな解釈があるので苦手なのですが、マニュアル書のように手順に沿って読み進め、答えが明確な内容のものは理解しやすいようなのです。

このようにコウタは、興味をもったことに対しての集中力はものすごく、主人も面白がって教えていったので、コウタのパソコンの技術はどんどんアップしていきました。

思えばあの頃が、我が家の一番幸せな時期だったのかもしれません。私自身も、コウタのことを、「やっぱりこの子は、天才かもしれない」と思い込んでいました。

このあと嵐の日々が訪れることも知らずに……。

実家での生活と情緒障害

コウタは言葉の遅れなどもありながら、興味のあることには大人もビックリするほどの習得力を発揮しました。

そんななか、コウタが4歳のときに、次男のヤスオが予防注射直後に病気で倒れ長期入院になってしまいました。

ヤスオは生きるか死ぬかの予断の許さない状態が続きました。私は毎日病院でヤスオに付きっきりでした。

仕方なくコウタは私の実家に預けることにしたのですが、預けた当初は、ヤスオがまさか4か月以上の入院になるとは思ってもみませんでした。

退院後もリハビリ通院などで、私がコウタの世話まで手が回らず、結局、1年近く実家に預けることになりました。

じつはヤスオが産まれるときも、コウタを実家に預けようとしたことがあります。自分だけが実家に置いて行かれるということを、私たちの雰囲気で察知したコウタは、私と主人が帰ろうとした瞬間、サーッと車に乗って、

「帰る、帰る、ボクも帰る！」

と、自分のシートにしがみついて離れませんでした。

子どもなら当然、親と離れるのは嫌なのです。コウタの気持ちは痛いほど分かりますが、実家には面倒見の良い私の実兄もいましたし、両親にとっては初孫なのでコウタはまるで小さな王様のように可愛がってもらっていました。環境的には実家にいるほうがずっと良かったはずなのです。でもそういう考えは大人の都合によるもので、子どもの立場からすれば違ったようです。

ヤスオの病院生活が長くなったために、コウタは実家近くの保育園に転園することになりました。

その頃のコウタは、おじいちゃん、おばあちゃんは可愛がってくれるけれど、親からは見捨てられた、と思い込んで、すっかり情緒障害を起こしていました。

「お母さんたちはもう僕のことは嫌いなんだ」と、感じていたのだと思います。まだ4歳だったコウタにとって、自分が預けられた原因が弟のヤスオだとは分かりません。

コウタにとって、ヤスオは一番の友達ですから、弟と離れることもさらに寂しさを募らせる原因だったと思います。保育園でも赤ちゃんたちがいる部屋に行っては、ヤスオを探していたそうです。

また、実家でおやつを出すと、

「これは、ちゃーちゃん（ヤスオ）の分だよ！」

と言って、必ずヤスオの分を残していたと聞き、小さいながら離れて暮らすしかなかったコウタの想いを知り、私も胸が張り裂けそうな毎日でした。

コウタの無意識の抵抗

コウタは私が実家に電話をしたり、コウタの顔を見に行った後、必ず熱を出すようになりました。小さな子どもは、母親が仕事や用事で遅くなる日に限って熱を出すことがよくあります。それは親を自分に引き留めるための無意識の抵抗なのかもしれません。

コウタのそんな様子を見かねて、保育園の先生方からは、

「下のお子さんは病院に任せたらいかがですか？　コウタ君のほうが大事だと思います」

と言われたりしました。

でも、当時の私にとっては、仮にコウタが4歳で情緒障害を起こしたとしても、成長の過程でそのうち記憶から消えるのではないか、と思っていました。

実際に弟のヤスオの病気は一進一退が続き、とても病院を離れられる状況ではありませんでした。

「ヤスオの症状が落ち着けば、きっとコウタは普通の子に戻る！」

と、信じていたので、保育園の先生から「毎日、電話をかけてあげてください」と言われても、なかなか連絡できない日々が続きました。

当時は携帯電話など持っていません。コウタが起きている時間にタイミングよく電話をすることができなかったのです。

そんな中、コウタにとってはつらいことばかりではありませんでした。私の両親は初孫であるコウタにたっぷりと愛情を注いでくれました。

母は毎日のようにコウタを自転車に乗せて、線路際で電車が通るのを見物しに行きました。暑さ寒さの中、母も大変だったと思いますが、コウタの根気も相当なものでした。彼の興味は電車のスピードや形状より、「今日は何回、電車が通ったか」という数字だったというのも、発達障害の傾向を表していると今では思います。

父はといえば、コウタに対して世の中の道理やルールに関して根気強く教えてくれました。やってはいけないことをきちんと教えてくれたおかげで、コウタはルールをきちんと守る反面、ルールを守れない人に対しては、「あの子は良くない、ダメだ」と、とても厳しい対応をするようになりました。

また実家で一緒に暮らしていた私の兄からは、絵の描き方を教えてもったのですが、コウタはいきなり遠近法を用いた絵を描き出したそうです。上空から見た絵や地図のような細かい描写も得意でした。

ひらがなも一回教えるとすぐ覚えたそうで、5歳の時には、ひらがなは全部読めるようになりました。ただそれを文章として言えるわけではなく、やはり発達障害特有の得手不得手の偏りがありました。

見えない障害だからこそ、専門家でも見抜けない難しさ

コウタが6歳の秋、小学校に上がるための就学相談と健康診断がありました。できれば左半身不随となった弟のヤスオと一緒に学校に通うことも考えて、知的障害や身体障害者に対する教育環境が整っている学校がいいと思いました。

ちょうどそのころ家を買おうと思っていたので、今住んでいる学区から離れて、我が家の条件に合う小学校の学区内で家を探すことにしました。結果、手ごろな中古物件を、主人の友人が探してきてくれたのです。

じつは就学相談では、コウタは発達の遅れなどを指摘されませんでした。そのことをそれまでお世話になった保育士に報告すると、

「そうなんですね……」

と、少し怪訝な表情をされてしまいました。そこで、入学する予定の小学校の校長先生にお願いして、個別にコウタの面談をしてもらったのです。

校長先生は最初、

「就学相談で問題なければ大丈夫ですよ」

と言ってくださいましたが、半分、無理やり押しかけてコウタと面接していただきました。コウタは校長先生から渡された画用紙にずっと高速道路の絵を描いていました。私は校長先生に、コウタはこちらの言っていることは全部わかるし、受け答えも可能だが、絵を描き始めると2時間以上、集中してしまうこと、4~5歳の1年間、親元を離れたことで情緒障害を起こしていて、ときどき気持ちが不安定になることを説明しました。

校長先生はとても誠実な方でした。私と話している2時間近く、コウタが騒いだり邪魔したりしないでいられたこと、集中力もあるし、受け答えもしっかりできることに対して、

「たとえ足りないものがあったとしても、それを上回るものを持っているお子さんですね。この子の可能性を引き出すことが、教育者の課題です」

とおっしゃってくださいました。

確かにコウタは普段、とても穏やかで手のかかる子どもではありません。ただ、それが逆に、発達障害やアスペルガー症候群の子どもをもつ親の悩みになっている面もあるのです。

一見、何も障害がないように見える。そうなのです、発達障害とは「見えない障害」だからこそ、親も先生もいろんな角度からその子どもの動向を見てあげる必要があるのです。

実際に校長先生と面談して太鼓判を押してもらったコウタでしたが、親としては安心した気持ちにはなれませんでした。

もし万が一、学校で暴れたりして問題を起こしたときに、

「だから入学前に息子のことをご相談したじゃないですか！」

と、開き直れるように「転ばぬ先の杖」を用意する必要があると私は考えたのです。

ずるいかもしれませんが、自分の子どもにも他人様の子どもにも怪我などして欲しくなかったので、学校には事前に十分な心配りをして欲しかったのです。

担任との不協和音——特殊学級での生活

コウタが入った小学校は、生徒数が急に減ってきていた時期もあり、学年で一クラス、38名でした。学校にとっても初めての単学級の学年ということを知ったときは、嫌な予感がしました。小学1年生でまだまだ手がかかる子どもたちを、担任の先生一人で面倒みるのは大変だと思いました。

案の定、担任の先生とコウタの相性はあまり良いとはいえませんでした。先生は入学式の翌日に、自分の子どもの入学式に参列するために学校を休みました。入学式の帰り際、子どもたちには、

「明日から一緒に勉強しましょうね」

と言っていたのに……。正直に、

「明日は自分の子どもの入学式に行くので先生はお休みするけれど、○△先生が皆さんを待っていますから、明日も元気に学校に来てくださいね」

と言って欲しかったと私は思いました。子どもたちも親たちも、「休むな！」などと言

うはずはありません。

私が違和感を抱いたことをコウタも察知したようで、あるとき、先生を試すような行動に出てしまったのです。

授業中にフラッと教室を出てしまったのですが、先生は気づかずに追いかけてもこない。先生から見えるはずの校庭でフラフラしていたそうです。いつもタイトスカートの先生は、駆け回るコウタを捕まえることができませんでした。

そのことがきっかけで、コウタは先生のことを、

「先生は自分のことなんか、どうでもいいんだな」

と、見捨てられた気持ちになったようです。

私は、今後コウタがパニックを起こしたとき、エレガントな先生には負担が大きすぎるのではないかと不安を感じ始めました。そんなころ、その小学校の特殊学級の先生が、

「コウタ君が落ち着くまでは一対一の対応で勉強したほうが良いと思います」

と、言ってくださいました。そんな経緯で、コウタは特例として1年間、特殊学級でお世話になることになったのです。

有難いことに特殊学級は生徒二人に教員一人の割合で、協力体制が整っていました。先

生方はいつもジャージ姿で、絵の具などで汚れても笑顔で全身全霊、素早く生徒たちに対応してくれていました。

学力的な遅れがなかったコウタは、1年生ながらリーダー役を受け持つこともありましたが、小さい体でしたから上級生の自閉症やダウン症のお友達からもとても可愛がってもらっていました。

特殊学級では普通の勉強の他に、生活訓練の授業があります。洗濯機の回し方や調理実習など、一人でも生きていけるようになるための教育です。

身体作りにも力を入れる学校だったので、スケート教室やスキー教室もありました。

一般のクラスではやらないカリキュラムも多かったので、特殊学級は優遇されている、と思っていた親御さんも多かったようです。

同じく特殊学級に子どもを通わせていたお母さんからは、

「コウタ君はこれだけできるのだから大丈夫。やっぱり要領を覚えることは必要よ。コウタ君には障害者手帳がないのだから、自分で自分を守る力、自立する力を持たせなきゃね」

と言われたことが、とても心に響きました。

特殊学級には、いろんな障害をもった子どもたちと、その子どもを支える親や先生たちとの関わり合いを通じて、本当に色々と勉強させてもらいました。

作文が書けない！ 苦手分野との葛藤

2年になって、学力的には問題なかったコウタは普通学級に戻されることになりました。今度の担任の先生は、子どもたちが立派な大人になるためにと、ストレートに物事を進める「ザ・教師」という感じの人で、競争主義を取り入れた指導をしました。たとえば、毎日配布される学級通信のプリントに、クラス全員の小テストでの点数を載せ、生徒同士を競わせたりしたのです。

コウタは小テストの成績は良かったので先生から褒められていましたが、逆に国語の感想文が全く書けませんでした。あるときコウタが作文用紙に、

「感想文は書きたくない」

と書いたら、すごい剣幕で先生から電話がかかってきて、

「お宅ではどういう教育をしているんですか！　作文が書けないというのは許しません」

と叱責されました。

その反面、他の子ができないことでもコウタは一回で覚えるから学業的には天才だと思

う、とも言ってくれて……。

ストレートに生きている先生としては、自分に歯向かって作文を書かない態度に、立派な大人になるコースから外れてしまう、無駄な意地っ張りだと矯正したかったのだと思います。

とはいえ、その先生は初めて、コウタのことを、

「情緒障害ではない。別の障害だと思います」

と、私に指摘してくれました。「ザ・プロ教師」の先生は、つねに多くの情報を学んでいらっしゃったのでしょう。

コウタの学業の極端なばらつきは、発達障害ではよくあるケースです。本人や親の目からは個性の一つと思えても、傍から見ればたんなる「わがまま」としか映りません。

またもやパニックになりそうなコウタに、私は慰めるつもりでこう伝えました。

「世の中にはいろいろな人がいるの。中には自分のものさしでしか判断できない人もいるのよ。大人だからつねに正しいなんて思いこまないでね。大人だって人間なんだから欠点はあるし、好き嫌いもある。コウタだって同じでしょう？　世の中にはいろいろな人がいるんだよね。そういうことを教えてもらっているんだから、感謝しなきゃね」

するとコウタは、ただ黙ってうなずいていました。このように理詰めできちんと伝えれば、理解できるのです。

それ以外にも電車が時間通りに来なくてパニックを起こすこともしばしばあったのですが、

「世の中は、約束通りにいかないこともあるのよ。追い風か向かい風かで電車の速さは変わるよね。時刻表は目標時間であって、絶対ではないからね。電車が遅れてもあと5分待ってね。5分以内にアナウンスがあると思うから」

と、具体的な数字を伝えながら、説明したりしました。アスペルガーの人に「しばらく待って」というと、その「しばらく」がどのくらいの感覚なのか分からず、よけいにパニックになります。

それは私自身がコウタとぶつかり合い、戸惑いながらつかんだ接し方のひとつでした。おかげでその頃から、親子での衝突はだいぶ少なくなったように思います。

息子の凸凹に全力で向き合ってくれた先生

3年生になり、担任が養護学校から転任されてきた男の先生に変わりました。勉強よりも、子どもたちに生きる喜びを教えたい、と、夜の学校でお化け屋敷をやったり、キャンプファイヤーをやったり、いろいろな企画を提案する熱血漢の先生でした。

あるとき家族参加の学校行事で、近所の農家に芋ほりに行ったことがありました。私は次男のヤスオを車椅子に乗せ、歩き始めたばかりの長女のリカを連れて参加しました。

コウタはリカの手を引いて歩いてくれました。途中、狭い農道に車が来たとき、コウタは全身でリカをかばってくれました。

その様子を見ていた担任の先生は、

「コウタ君は素晴らしい子です。このことは絶対に忘れません！」

と、言ってくれました。

有難いことに、この先生はコウタが苦手な作文に関しても、つじつまの合わない文章を一生懸命理解してくれたり、コウタの話をいつもじっくり聞いてくれたりしました。

コウタは、基本的なことは教科書を読めば理解できてしまうので、勉強面では心配していませんでした。

3年生になると九九を教わりますが、とくに数字に関しては一回教わるとすぐ覚えて理解してしまうので、落ちこぼれることはありませんでした。

そんな凸凹のあるコウタに関しても、

「いろいろな子に出会えるから、教師の仕事が好きなんです」

と、いつも明るく接してくださっていました。

●ビリでも1点！　運動会で頑張る大切さを知る

担任は元養護学校の先生だったので、子どもたちに前向きな声かけをするのが上手でした。「どの子も欠点はあるのだから、同じクラスの仲間として庇い合わなくちゃいけないよ」と、いつも言っていたようです。

その先生で一番思い出深いのは運動会です。たとえば、特殊学級の子たちが徒競走で走っても、どうしてもビリになってしまいます。一生懸命走って、周りは拍手してくれるけれど、ビリだと0点で得点にならない。その先生は、「それはおかしい」と。

先生は4年生のときも受け持ってくださったのですが、4年生のときの運動会で、

「たとえビリでも、最後までゴールしたのなら一点はあげましょう」

と、ルールを変えるように提案してくれたそうです。


運動会当日、じつはコウタは風邪を引いて体調が悪かったのですが、特殊学級の子たちとダンスを踊ることになっていて、その種目だけは出場しようということになりました。

微熱でフラフラしていたのですが、コウタが、

「僕、かけっこも出るよ」

と言い出したのです。私は、コウタの体調も心配だったので、

「こーちゃん、でも走ってもビリだから無理に走らなくてもいいよ」

と言ったら、

「いや、今年からルールが変わったんだよ。ビリでも1点になるんだ。僕は1点のために走るよ」

と。もちろんクラスのため、ということもあったと思うのですが、とにかく数字にこだわるコウタらしいな、と感じました。

コウタはダントツのビリにはなりましたが、そこで1点プラス。クラス全員が拍手でコウタを迎えてくれました。じつは運動会は最終種目直前まで同点でした。勝敗を決めたのは、各学年選出のリレー選手たち……。強者優位の世の中をまざまざと見せつけられたような運動会でした。

そんな中、フラフラになりながら走り切ったコウタは、晴れ晴れとした笑顔！　その表情は今でも忘れることができません。

それは本当に学校が変わった瞬間でした。遅くてもなんでも目標を達成したら0点じゃないということは、やはり大事ですね。それを実践した息子は偉かったな、と思います。生き方でも何でも遅くてもいいからゴールすることに意味がある。そんな貴重な経験をしたのです。リタイヤなら評価はされないけれど、完走すればビリでも1点、ということがルールになれば、特殊学級の子でも達成感もあるし、皆、頑張ろうと思うでしょう。

運動会は、運動ができない子にとってはとてもつらい行事です。私も運動が苦手でしたから「お前、いらない」とクラスの友達から言われて、散々、嫌な思いをしてきました。なので、「ビリでもゴールすれば1点」というルールは、とても報われたと思いました。

それから私は、いろいろなママ友や教員資格のある方々に会うたび、

「運動会のかけっこで、ビリでも1点あげてください。評価してあげてください。走っても0点なら走る意欲がなくなります」

と、コウタのエピソードと共にお話ししています。

それは人生においても、大切なことではないかと思っているのです。

第2章

アスペルガーの息子
——成長と共に

第2章 アスペルガーの息子――成長と共に

途方に暮れる先生と、息子の受験

小学校5年になり、コウタのクラス担任は他の学校から転任してきた男の先生になりました。そのころには、生徒数がさらに減って、どの学年も単学級でした。学校長はもちろん、他の学年の教師もすべての生徒の顔と名前を覚えていてくれていました。担任の先生が変わるのは仕方のないこととはいえ、コウタのような発達障害をもつ親にしてみると、内心は、

「せっかくここまで時間をかけて子どものことを理解してもらったのに、また一から新しい先生との関係を築いてきかなければいけないのね」

と、ため息が出るときがあります。

定型発達の子ならば問題ないことでも、コウタのようにコミュニケーションにおいて問

題を抱えるアスペルガー症候群の子どもは、何か問題が起きる前に、学校側や周囲の人たちに「子どもの取り扱い説明書」的なものをお伝えする必要があると思っています。

これまでの小学校4年間での学びの中で、コウタがパニックを起こしたり、上手く対応できなくなる状況が少しずつ具体化してきたので、それを先に新しい担任の先生にもお伝えすることにしました。

その先生はとても真面目でいい先生でしたが、これまで特殊学級のある学校での勤務経験がなく、障害児童・障害者と向き合う経験がなかった方でした。

私がコウタの現状をお伝えすると、その先生は途方に暮れてしまった様子でした。そうでなくても小学校高学年にもなると、反抗期の子どもたちがいろいろ問題を起こすケースが増えてきます。

コウタのクラスでも万引きなどの非行に走るなど問題を抱える子が多く、担任の先生が一人で38名もの子供たちと向き合うのは難しい状況でした。

コウタについても、先生はいろいろ調べたり、前任の先生からアドバイスをもらったりして一生懸命対応はしてくれましたが、やはりどうしても手探り状態になってしまい、先生自身も悩んでいるようでした。

5年生も終わりになるある日、担任の先生がいきなり我が家を訪ねてきました。先生は開口一番、

「僕が6年のクラスをこのまま受け持った場合、無事にコウタ君を中学に送り出せるか自信がありません」

と、おっしゃいました。内心、落胆はしましたが、先生を責める気持ちにはなりませんでした。

「先生のお気持ちはよく分かります。無理して自分の身体を壊すことになるより、先生自身、得意な道を選んでください。コウタのことは気にしないでくださいね」

と、お伝えしました。

先生はほっとしたような、残念なような複雑な表情をされましたが、私の一言で、事態が変わることとなりました。

その状況を知った3年、4年時の担任の先生が、6年の担任を引き受けてくれることになったのです。

私はコウタの理解者でもある先生に担任になってもらって喜びましたが、中には、

「また、勉強より学校行事やイベントがメインになるの?」

と、ため息をつく生徒もいたようです。

その先生は、勉強より生活面や人としての教育に熱心なので、確かに中学受験を考えているような子には適任でないのも事実でした。

それを知ってか、その先生は「もっと勉強したい、中学受験をしたい子は、学校では教えきれないから、どうぞ塾に行ってそれなりの学習テクニックを身に付けてください」

と、ある意味、開き直っているというか、現実的な考えをお持ちでした。


コウタに関しては、相変わらず得手不得手の教科がはっきりしていました。国語は苦手で理科や社会も記述式の問題は苦戦していました。

でも、地理や年表は得意で、歴史年表のテストでは学年で一人だけ100点をとったりしました。相変わらず算数をはじめ、数字に関するものは得意でした。

中学進学を控えて、周囲の先輩ママたちや学校の先生方からは、

「コウタ君は公立の中学よりきめ細やかな対応や施設が整っている私立の学校のほうが合っているのでは？」

と、アドバイスをいただくようになりました。

当時から大学入試でもマークシート方式が主流になっていたこともあり、確かに記述式の問題を出さない中学だったら、なんとか合格するかもしれない、と私も思うようになり

ました。コウタ本人にも確認をしたところ「受けてみたい」とのこと。

算数なら満点をとれるので、あとは国語がギリギリでも、面接を何とかクリアすれば合格するかもしれない、と親として甘い期待を抱いたのです。

それから進学塾にも通って頑張りましたが、結果は不合格。本人は、かなりショックだったようですが、一緒に受けた友達も落ちてしまい、

「これもいい経験だよ。頑張ったことは無駄じゃない」

と、親子で傷つきながらも納得したのです。

中学校でからかいの対象に。親子で学んだ処世術

中学生になったコウタは童顔にメガネ、身長は140センチで小柄。どうみてもいじめられっ子の要素を備えていました。

コウタ自身は思春期特有の反抗期はなかったものの、心配した通り、たびたび学校でパニックを起こして暴れ、学校から連絡が入ることがありました。

コウタの問題行動の多くは、本当にささいなことがきっかけでした。コウタが新しくメガネを変えたときに、クラスの数人がからかい半分に、

「見せて、見せて！」

と、取り囲んだりして、コウタをパニックに追い込みました。

コウタがパニックを起こす様子はアッという間に他のクラスにも広がりました。他の小学校出身の同級生は好奇心から、

「俺たちも暴れる様子を見てみたい」

とコウタのクラスにやってきては、密着するようにまとわりついて、コウタをからかう

ようになりました。

そんなことが続いて、コウタもストレスをためこんでいたようでした。イライラが最高潮になると、自分のメガネを壊したり、鉛筆を折ったり、ノートをぐちゃぐちゃにしたりして、自分の持ち物に八つ当たりをしていました。

そうはなってても人に対して暴力をふるうことはなかったのですが、一度、しつこくからかってきたクラスの子のお腹を蹴とばしたことがありました。

慌てて先生から連絡がきて、「急いで謝りの電話を入れたほうがいいですよ」と。その子がいわゆるボス的なエネルギーのあるやんちゃっ子だったこともあり、問題が大きくならないように学校側が配慮してくれたのです。

すぐさま電話をしたら、全く初対面のその子のお母さんは「きっとうちの子がチョッカイ出したのだから、心配しなくてもいいですよ」と、言ってくれて安心したことを覚えています。

そのボス的な子は、親からしっかり「人の道」を教わったようで、以後、そのような好奇心からくる「からかい」はなくなりました。

コウタが問題行動を起こしたときには、学校が家に電話をすれば、すぐ私が駆けつけるようにしていたので、その点は学校側から信頼があったように思います。

当時はまだ携帯電話はほとんど普及しておらず、共働きの家も多かったので、家に電話してすぐ連絡がつくケースは少なかった時代でした。

学校と密に連絡を取り合っていたことで、コウタが問題行動を起こしても穏便に対処できたことは、今さらながら良かったと思っています。

さわらぬ神にたたりなし!? の中学校生活

2、3年は数学の先生が担任になってくれたことを、コウタはとても喜んでいました。息子とすれば、自分の得意分野で自分より知識のある人だから素直に尊敬したのでしょう。その数学の先生の言うことはよく聞いていました。
先生ご自身も親を介護されていたので、介護がどんなに大変か理解してくださり、私たちが出来る範囲での努力しか求めませんでした。入学して初めての学校と保護者の地域懇談会の時に、主人と会って話したことがよかったのだと思います。

その懇談会は夜間だったので出席者は数えるほど、父親が出席したのは我が家だけでした。先生と主人は隣り合わせの席で顔を合わせて、我が家にはコウタのほかに重度の身体障害児がいることを話して、我が家の事情を理解してもらうことができました。

基本は何事も手を抜かない厳しい先生でしたが、褒めるときは褒めてくれる。コウタに対しても、他の学科ができなくても数学ができることを褒めてくださいました。

またその先生は、クラスの生徒たちに、

「コウタにかまうな。何かあって火の粉をかぶるのはお前たちだぞ。さわらぬ神にたたりなしだ、わかったな」

と言っていたみたいです。

事前に私にも、

「そのようにクラスにはお達しを出しますが、それでいいですよね?」

と聞かれましたが、こちらとしては良い悪いというよりは、コウタが怪我などしなければ、という思いだけでした。

発達障害の子どもをもつ親御さんには、自分ですべて背負い込んでしまい親子でヘトヘトになってしまう人もいますし、いろいろな問題が起こるたびに子どもを守る意識が強くなりすぎて学校側と戦ってしまう人もいます。

私も最初はそうでしたが、このころは「自分サイドの正論を言って敵を増やすより、相手に頭を下げて味方にしてしまう」術を心得ていました。

相手が変わらないなら自分が変わる。いちいち決闘していたら身がもちません。「逃げるが勝ち」という処世術を身につけていったのです。

「自閉症かも」と認識されたことで進路が見えた

本書の冒頭で、息子がアスペルガー症候群だと診断されたのは17歳のときとお伝えしました。正式に診断されたのは、その時期なのですが、じつは中学1年の担任の先生から「問題を改善するきっかけになるかもしれないから」と、主に小児精神科診療を行う精神病院である都立梅ヶ丘病院（現在は閉院）への受診を勧められたことがあります。

今のように発達障害に関しての症例データも少なかった時代に、いろいろな症状のある子どものアスペルガー症候群を診断することは難しかったと思います。

電話で初診を申し込んだときにも、コウタに対応できそうな「科」や「医師」がいないということでしたが、結局院長先生が引き受けてくださるということになり、受診が決まりました。

そこの病院で問診や心理テストのほか、脳のCTなど撮りましたが、脳には異常はないとのこと。院長先生からは、

「性格や行動パターンは自閉症に近いけれど、それがコウタ君の個性だと言えます。親が

得意分野をわかっているなら、それを伸ばすような教育や進路を示してあげなさい」

と言われました。

これ以上、検査や薬を出す必要もない、とも言われたので、数回、カウンセリングに通っただけで、それ以上、この病院へ通うことはありませんでした。

正直、親としては、先生に「病名がつかない」と言われても納得できませんでした。どう見てもコウタには圧倒的な偏りがある。それに関して本人も苦しんでいるのです。

それから私は独自に自閉症や発達障害について本を読んだり、勉強を続けました。あるとき、テレビで絶対音感のある自閉症の少年を取材して放送していました。その少年は目に水が入ってくるのがすごく苦手で、プールには絶対に入れない、と話していました。コウタと全く同じでした。

すぐに担任の先生に連絡して、

「コウタは、自閉症かもしれません」

と、伝えました。

それから担任の先生も発達障害についていろいろ勉強してくださり、高校受験に向けてコウタの進学先をいろいろ調べてくださいました。

一校目は、自閉症専門の専修高校でした。そこの学校は、調理とパソコンをメインに教えてくれるのですが、卒業しても大学の受験資格はありません。パソコンもシステムを組むまで学べるわけではなく、コウタにはちょっと物足りないなと感じました。

二校目は、私立の情報工学専門の高専でした。いろいろな分野を学べる上、ミッション系の学校だったので、校内の雰囲気も良かった。本人も気に入ったので、高専を受験することに決めました。

ラッキーだったのは、コウタが受験する年に限って、数学重視の試験になったこと。英語、国語はどちらかを選択すればよく、あとは面接だけでした。

コウタの場合は数学でいい点数を取って、あとは国語がなんとか合格圏内の点数を取れれば合格できるだろう、と、塾では国語を専門に教えてもらっていました。

結果、希望校に合格することができたのです。数学が得意だったことで運を味方にし、コウタは自らの力で未来の扉を開きました。

これまでは自らの偏りが足かせになることが多かった人生に、一筋の光が見えた気がしました。

ビリからトップクラスへの戸惑い

高校に入って、コウタの生活は順調のように見えました。しかし、やはりここでもコウタの凸凹の個性が行く手を阻むことになったのです。

入学後のクラス分けのテストでは、数学の点数は良かったのですが、国語ができないことで成績最下位のクラスになりました。

ところが2年のときのクラス分けの試験では、問題がマークシートだったこともあり、どの科目も高得点だったようで、最下位のクラスからいきなり上位のクラスに上がってしまいました。

中学のときの担任は、内申書に「数学は得意だが、国語が弱い」という趣旨のコメントや自閉傾向のふだんの様子を注意事項として書いてくださっていましたが、高校側はそれを読まなかったらしいのです。

クラスごとに教科の難易度が違うため、コウタにとってはいきなり授業が難しい内容になり、得意なはずの数学でもつまずいてしまったのです。

コウタとしては一番の得意科目でのつまずきは、相当ショックだったようです。すっかり気持ちが荒んでしまいました。

コウタの部活担当でもあり、数学やパソコン、通信関係が担当の先生に「勉強についていけない」と相談したこともあったのですが、部活の無線工学ではスムーズに研究などしていたので、

「部活で優秀な子が、ついていけないなんてあり得ない」

と、本気に受け取っていただけなかったそうです。

ですが、得手不得手の教科の凸凹はいかんともしがたく、結局2年生の終わりに3年には進級できないことが判明しました。

学校に呼び出されて、

「退学しますか？　留年しますか？」

と聞かれたときはショックでしたが、ここまで頑張ったのに退学という選択肢はありません。なんとか1年間の学費を捻出して、留年させることにしました。

こんなことがあったために、次の年の入試から数学重視は取りやめになったそうです。数学重視にして、コウタのような生徒がたくさん入ってきたら困る、と学校側が思ったのかもしれません。私も学校側の判断は「正解」だと思います。

結局、コウタは高専を7年かかって卒業しました。最後の1年は就職活動しながら卒論を書かなければいけなかったので、本人的にはかなりきつかったようですが、時間をかけても頑張って学校に通ったことは、本人とって自信につながったのではないでしょうか。

発達障害と判明――高専での7年間の日々

コウタのアスペルガー症候群の症状は、高専時代も引き続き出ていて、コミュニケーションにおいてたびたび弊害が起こっていました。

高校2年生のある日、普段から仲の良かったクラスの友人が、コウタに「ここを直した方がより良くなると思う」と友情からのアドバイスをしたそうです。ところが、それをコウタは自分を否定されたと思い込んだらしいのです。

コウタはそのことに絶望してパニックを起こし、いきなり教室の窓から飛び降りようとしたそうです。

近くにいた先生や生徒たちが抑えて止めてくださいましたが、コウタはしばらく興奮して暴れたそうです。どうにも対応に困った学校側は、救急車を呼びました。

家にも慌てた様子で学校から連絡があり、主人が会社を早退して病院へ駆けつけました。

学校側からは、このようなことがまたあると、対応の仕方がわからない、と言われ、改めてコウタを専門の病院で診てもらうことにしたのです。

身体障害で病院に通っている次男の病院でコウタのことを相談したところ、小平にある国立武蔵神経病院を紹介されました。

コウタは17歳になっていたので、小児ではなく大人の枠で診断してもらってはどうか、ともアドバイスをいただきました。

国立武蔵神経病院には、以前見てもらった世田谷区にある小児専門の心理病院の先生も定期的にいらっしゃっているとのこと。

改めて専門的に診てもらったところ、コウタに「広汎性発達障害」という病名をつけてくださいました。

世田谷の病院で初めて診てもらってから4年経って、コウタのような子どもたちの症例が増えたとのこと。同時に専門の先生も増えたことで、やっとコウタが発達障害であると、正式に認定することができたのです。

親としては、コウタが生まれつき脳の機能に偏りがあることにはショックを受けましたが、「親の育て方や成育環境が悪いのでは?」という呪縛から解放されたことには大きな安堵がありました。

病院からは、お守りがわりにビタミン剤のような薬をいただき、服用することになりま

した。コウタ本人には、

「このお薬を飲むと、気持ちが落ち着くからね」

と、先生からは暗示をかけてもらいました。

高校は1か月ほど自宅謹慎になっていました。学校にはコウタが「広汎性発達障害」＝アスペルガー症候群であるとお知らせし、復学をお願いしました。

私としてはクラス全員にも公表して、コウタの「取り扱いマニュアル」のようなものを配ったらどうか、と提案したところ、学校側からの返答は「NO」でした。

結局、学校側からすれば、コウタのことを公表することで、かえっていじめの対象になってしまう、という見解でした。

今よりもまだ発達障害がオープンではなかった時期。学校側とは何度か話し合いましたが、「個性の変わった子」ということで、対応していただくことになったのです。

高専にはコウタと同じようなケースの生徒も他にいたようで、見た目変わりがないのに聞きなれない病名でコウタだけを特別扱いにはしないほうがいい、ということでした。

また、就職の際に「発達障害」という病名がついてしまうと不利になるだろう、とも言われました。高専はもともと就職率がとても高く、ほとんどの生徒が大学には進学せず、就職します。就職に響く、と言われて、私のほうも「公表する」という選択をあきらめることになりました。

ただ学校側には本当に親身になっていただきました。ミッション系の学校ということもあり、「一度引き受けたからには、最後まで投げ出さない」という方針から、コウタとの出会いを「神様からの試練」とでも思われたかのようでした。

高専は本来なら5年で卒業するのですが、7年かけてやっと卒業することができたのも、先生方や学校側がアスペルガー症候群のコウタの特性を理解して、根気強く対応してくださったおかげだと思っています。

案ずるより産むがやすし。順調に社会に適応

コウタは学校からの推薦で、高専の卒業生の方が立ち上げたＩＴ関連の会社に就職しました。

その会社は高専時代の夏休みに研修としてアルバイトさせていただいたことがあり、コウタ自身もパソコンを扱う仕事内容をとても気に入っていました。

親としては、障害のある息子が一人前のプログラマーとして、普通の会社に就職できたことに感謝、感激でした。

私自身は、コウタの会社が具体的に何をやっている会社なのか、会社のホームページを見てもよく理解できませんでしたが、当時の八王子の「高額納税会社ランキング」ＴＯＰ10に入っている会社だったので、どうやら「勝ち組」の仲間入りをしたようです。

入社した当時、肥満気味だったコウタは、１年経ち、すっきりスリムになりました。仕事は毎日忙しく、ときには終電で帰ってくることもありましたが、毎朝、楽しく出勤するコウタの姿に頼もしさを感じていました。

数字にこだわるコウタは、電車が遅れたりすると不機嫌になりましたが、パニックにはならず、上手に自分の気持ちをコントロールできるまで成長しました。

とくに嬉しかったのは、国内や海外の出張もトラブルなく務められるようになったこと！　涙が出るくらい、嬉しかったです。

当のコウタは、飛行機のマイルがたまることが嬉しかったようですが、私が、

「飛行機事故が心配」

と言うと、できるだけ飛行機を使わず、新幹線で移動するなど気遣いをできるようにもなりました。

一度覚えたルールはきちんと守る。アスペルガー症候群特有の性格が、社会に出てから良い方向に働いているようで、電話で話すときは親に対してきちんとした言葉遣いをしたり、選挙も国民の義務だからときちんと選挙公約を読み込んでから投票に行っています。

入社して2年目には、社屋内の宿直室でひとり暮らしをすることになりました。ときどき、主人が立ち寄って、散らかった部屋に仰天していますが、こうやってひとつずつ不器用ながらも社会に出て頑張っている息子を、誇らしくも感じました。

発達障害の子どもをもつと、親子で「共依存」してしまうケースも多いけれど、コウタ

は無理なく自然と「親離れ」できたな、と。

そのとき、コウタは24歳。車椅子生活のヤスオは21歳、末っ子のリカは17歳。巣立ったコウタと、いずれ巣立っていくリカ。でも私の心には、永遠に巣だっていくことのないヤスオへの心配が大きくのしかかっていきました。

第3章

見える障害（身体障害）と戦った次男との日々

第3章

見える障害（身体障害）と戦った次男との日々

予防接種後に脳の病気へ

25歳でこの世を去った、次男のヤスオのことを、ここではお話したいと思います。見えない障害が長男なら、見える障害を負ったのが次男のヤスオでした。

ヤスオは生まれつき障害児だったわけではありません。予防接種直後の病気で身体障害と知的障害を引き起こし、重度重複障害児となりました（身体障害者手帳一種一級、愛の手帳二度）。

ヤスオは1歳4か月のときにポリオを接種したあと、高熱を出してインフルエンザ脳症を起こしました。

かかりつけの診療所では最初、近所で流行っていた「川崎病」を疑いましたが、一週間経ってもその症状が出ないので、総合病院を紹介されました。その病院の院長先生は、ヤスオを診断したあと、そこから約7キロ離れた高尾にある医療センターへ救急車で運ぶ、と。驚く私と主人に向かって院長は、

「子どものことだから、早く行って早く治したほうがいいでしょう？　うちの小児科は充実しているとは言えないし、紹介するM医師はすごく優秀ですから」

と笑顔で応えました。

ただ、院長の笑顔とは裏腹に、けたたましい救急車のサイレンの音が、私たち夫婦を一層不安な気持ちにさせました。


医療センターの急患室の待合室で、長い時間待たされました。ときどき診療室から聞こえるヤスオの激しい泣き声に、居ても立ってもいられない気持ちになりました。救急車に乗れなかった主人はあとから車で来ることになっていましたが、小児科の医師は、待っている時間がもったいないと、私に一本の試験管を見せました。そこには腐った豆腐のような水が入っていました。

「これはヤスオくんの首から採取した髄液です。髄液というのは脊髄から脳へ流れる体液で、正常なら水道水のように透明ですが、ヤスオくんのはかなり汚れています。病名は髄

膜炎です」

両足に点滴をされたヤスオは、泣きじゃくっていました。私は思いきって、
「熱が出る二日前にポリオの予防接種を受けたのですが、何か関係があるのでしょうか？」
と聞くと、医師はすぐに調べてみます、と言いました。

私とヤスオはそれから小児病棟の個室へと移動しました。初めて訪れる小児病棟で、私はふと、桃井かおりさん主演の「小児病棟」というドラマを思い出しました。ここでも、あのドラマの中で起こるような出来事に遭遇するのかしら？　と……。

主人がコウタを連れて病院へ到着したのは、1時間以上も後でした。医師は、到着して間もない主人に向かって、ヤスオの今後の見通しを話しはじめました。
「これからの治療には1か月以上はかかると思われます。脳の病気なので、ヤスオ君は普通の子どもの成長過程とはかなり違う状態になるかもしれません」

4歳のコウタは、酸素テントの中のヤスオの姿におびえていました。その翌日から、コウタは私の実家に預けられることになりました。

窓の外に目をやると、つい最近咲き始めたと思っていた桜の花びらが、風に舞っていました。

世の中はもうとっくに春なのに、なぜヤスオだけが「魔女の季節」（ドノヴァンの名曲。自分だけが奇妙な景色の中にいる、という詞）にいるのか……。私は納得のいかない気持ちでいっぱいでした。

脳の真っ黒なアゲハチョウと、母の無力感

ナースセンターに呼び出された私は、脳外科医師を紹介されました。その先生からヤスオの脳のCT写真を見せられました。そこには、大きな真っ黒のアゲハチョウがめいっぱい羽を広げているかのような影が映っていました。医師から告げられたのは、あまりに残酷な内容でした。

「このCTの所見では明日の朝まで生きられないと思います。今すぐ、脳に溜まった髄液を出すために、頭に10円玉くらいの大きさの穴を開けてチューブを埋め込まなければなりません」

手術は簡単な部類で通常なら30分くらいで終わりますが、ヤスオの場合は乳幼児ということと、緊急手術として行うので保証はできない、とも言われました。

私は外科医師から「手術承諾書」を受け取り、確認したところ、患者年齢に「2歳」と書かれていたので、

「ヤスオはまだ1歳4か月で、2歳になっていません。先生、手術をしたらヤスオは2歳

になれるのですよね？」

と問いかけましたが、医師は答えてはくれませんでした。

診断書の病名には「水頭症」と書かれていたのを見た時、いきなり身体ががくがくと震え出しました。

私が小学生の時、「不治の病気で致死率１００％」と教科書に書かれていたのを鮮明に思い出したからです。あれはデジャヴ体験のようなものだったのでしょうか。

緊急手術は30分どころか、３時間かかりました。私はどうすることもできないまま、ただ眺めて待っていることしかできませんでした。

その光景はまるで三流のお涙ちょうだいのドラマのようだと思いました。気に障るのはチャンネルがひとつしかないこと。スイッチを切ってしまえば終わるのでしょうが、一緒にヤスオまで消えてしまいそうで、私は我慢して待っているしかありませんでした。

手術が終わって、ＩＣＵにいるヤスオに5分間だけ面会を許されました。身に付けているのは、紙おむつだけ。

何本ものチューブがヤスオの小さな体にまとわりついていて、頭には大きな絆創膏、その真ん中から1本のチューブが出ていました。

大きなベッドに小さなエイリアンが横たわっているだけで、私たちが知っているヤスオの姿はそこにはありませんでした。

面会時間が終わると、病院ですることもなく、私たちは一度、帰宅することにしました。不思議と気持ちは波打っていませんでしたが、身体は怒りに震えていました。

2か月も前に断乳したはずなのに、いきなり片方の胸がパンパンに張っていたのです。一体、誰に飲ませる母乳なの……?

バスルームで腫れあがった乳をしぼっていたら、痛いのと母としての無力さで涙がボロボロと溢れてきました。

ＩＣＵで一進一退の毎日

ＩＣＵでの面会は一日一回という決まりでしたが、ヤスオはまだ小さいので親子とも心理的ストレスを少なくするため、面会の回数を増やしてもらいました。

ヤスオの枕元には、看護師さんの気遣いで、うさぎのぬいぐるみが置かれていました。

私は、長男のコウタに似ているキューピーさんを買って、ヤスオの手にそっと握らせました。

「やっちゃん、うさぎのぬいぐるみはパパ、キューピーさんは、お兄ちゃん。男3人で力を合わせて戦ってごらん。やっちゃんはまだ小さいけれど、男だもんね。戦うときはちゃんと戦わなくちゃね」

帰る時間が来ても、ヤスオの目がいたいけなくて、いつも帰るのをためらっていました。

そのたびに、看護師さんが、

「親御さんは今のうち体力を温存しておかないと、病棟に戻ってから毎日の付き添いがきつくなりますよ」

その言葉に促されるようにして、ＩＣＵを後にする毎日でした。

ヤスオの体調は一進一退で、元気なときもあれば、肩で大きく息をして喘ぐようなときもありました。

私と主人が呼びかけると、ヤスオは目を開けました。とてもきれいな澄んだ瞳でした。話しかける言葉がなくなると、私はいつも、コウタの保育園で覚えた讃美歌をヤスオの耳元で歌いました。

「♪私たちは、小さな子ども。お目目を閉じて祈りましょう。イエス様、私たちをあなたの良い子にしてください♪」

すると、ヤスオの口が開き、何か声を出そうとしました。それを見た主人は、

「ヤスオは分かっているんだ！　きっと何か言いたいんだ！」

と、すっかり興奮していました。

目の離せない個室での生活

ＩＣＵから出て小児病棟の個室に戻ったのは、５月でした。窓の外には大小のこいのぼりが元気よく青空を泳いでいました。

ヤスオは、頭に溜まってしまう髄液を体外に出すチューブを太いものに取り換える二度目の手術を受けました。それ以後、ヤスオの体調は良くなり、ミルクをたくさん飲むようになりました。

ここでもう少し体力がついて「シャント」（頭に溜まる髄液を腹部に流すチューブを体内に植え込む手術）を受ければ退院、という見通しが出ていました。

私の役目は、動かなくなってしまったヤスオの左半身のリハビリをすること。個室でヤスオと二人っきりの世界でした。

私は静けさが恐くて、ヤスオにいつも話しかけ続けていました。

「やっちゃんがまだお腹にいるときにね、胎教にいいと思ってサイモン＆ガーファンクルのコンサートに３日間連続で行ったことがあったの。パパはそのとき、あきれていたけどね。

それで、ヤスオが生まれて、写真をアルバムに貼ったときに、「明日に架ける橋」の3番目の歌詞をアルバムに書いたのよ。

さあ、出航だよ。まっすぐ進んでいくんだよ。夢は掴むためにあるのだから。くじけそうになったら、振り向いてごらん。頼りにならないかもしれないけれど、いつでも後ろにいて君のことを見ていてあげるから……。

ね、やっちゃん、頑張ってお母さんの前を歩いていきなよ」


ヤスオはその後も、ときどき発作を起こしたりしました。目の離せない個室での生活は、私にとって、とても苦しい時間でした。

私がトイレや食事で部屋にいない時間に、ヤスオが発作でも起こしたらどうしよう、と想像するだけで背筋がぞっとしました。

一日でも早く「シャント」をして、大部屋に移りたいと願っていました。

イフ・ユー・ゴー・アウェイ

手術の前日は、いろいろな検査でヤスオも私も忙しい時間を過ごしました。

一通り検査を終えてほっと一息ついていると、小児科の医師が、私の元に来ておずおずとこう言ったのです。

「明日ですが、手術内容を変更します。さきほどのCTの結果がおもわしくありませんでした。シャントは危険なので、前回と同じくドレナージ（頭にたまった髄液をチューブで抜く処置）の手術にします」

「では、ICUに戻るのですか？」

と私が聞くと、

「いえ、この個室で治療します」

と、医師。そのあと、婦長と医師がその場で言い合いになりましたが、それは当然でした。本来なら、ICUで行なうべき術後のドレナージの管理を小児病棟で請け負うのは技術的にもリスクのあることでした。小児病棟のナースの中でドレナージの管理経験があるのは一人きりでしたから。

結局、ＩＣＵのベッドが確保できないことと、ヤスオは母親が一緒のほうが治療の効果が上がる、という理由で小児科医が病棟での治療を決断したのでした。


深夜、ヤスオは3分以上もの発作を起こしました。熱も39度以上あり、このまま体力を消耗させるのは良くないと、薬で眠らせることになりました。

ヤスオが眠るベッドで付き添っているうち、私は知らない間にうたた寝をしていました。そこで夢を見ました。いい夢ではありませんでした。ヤスオの背中に小さな羽が生えて、ティンカーベルのように飛んで行ってしまう夢でした。

あわてて起きた私は、とっさにヤスオの背中に手をあてました。さっき、大きな発作で背中を弓なりに反らせたので、そのときの印象が「背中に羽が生える」という夢を見させたのかもしれません。

私はそれから一睡もできませんでした。不安で思わず、「イフ・ユー・ゴー・アウェイ」というラブソングを口ずさみました。日本語に訳すと「行かないで」。

私の心は悲鳴を上げていました。

窓枠15センチ——追い詰められた心の悲鳴

ヤスオの3回目のドレナージの手術は無事に終わりましたが、今度は「クロマイ」という強い薬を使うことになりました。

副作用があるとのことなので、日数を制限して、ヤスオは「クロマイ治療」を受けることになりました。

一日中、ベッドの中で動けないヤスオのコチコチになった左足を、私はひたすらマッサージし続けました。

ふと、ある瞬間、「もしクロマイが効かなかったら、ヤスオは終わりじゃない。嫌がるマッサージを続ける意味がどこにあるの？」と思ってしまいました。

同時に、窓の外を見て「この窓枠を越えたらどうなるのかしら？」と……。デビッド・ボウイの「ヒーローズ」の歌詞の中の「僕らはヒーローになれる。たった一日だけなら」という言葉をかみしめていました。

ここで私が障害児を抱えてジャンプしたら、ヒーローになれるかしら？ 仕返しができるかしら？　でも誰に？　単なる脱走者と言う汚名を着せられるだけじゃない……。

私の中でいろいろな人格が、せめぎ合いました。

実際には窓は15センチしか開きませんでした。このまま流されるしか道はないのか、と絶望しました。

でも、もう一人の自分がささやきました。

「いいじゃない、何とかなるものよ。障害児の母親がノイローゼになるなんて当たり前なの。子どものことを少しきつく抱きしめたからって殺人といえるかしら。執行猶予をつけてあなたを解放してくれるはずよ。簡単でしょう？」

すると、もう一人の自分が、

「そうね、簡単みたい。簡単なことだから、何も慌てたり、急いだりすることはないわ。明日、また考えればいい」

時間でいったら、ほんの数分のできごと。でも、このときの自分は、いろんな人格が、暗いほうと明るいほうとに、私自身を交互に引っ張り合っていました。

チューブがとれた！

ヤスオのクロマイ治療は、それなりの成果を出して、頭に2本植え込まれたドレナージチューブが外されることになりました。

ヤスオは4人部屋に移ることになりましたが、一週間後には4度目の手術を受けることになっていました。

ヤスオのベッドのわきには、かかりつけだった診療所から贈られた千羽鶴が飾られていました。包装紙をリサイクルして折られたカラフルな千羽鶴は、同室の子どもたちから羨望のまなざしを受けていました。

人の温かさや愛を感じて、ずっと重かった私の心は一気に晴れたように思います。雨の日もあれば、晴れの日もある。だから人生はおもしろい、と。

それからヤスオは4度目の手術を受けて、元の個室へ戻ることになりました。「クロマイ治療」を行ない、薬を安全ラインより多めに投与したので、副作用で耳の聞こえが悪くなる可能性があることを知らされました。

主人は、「ヤスオが生きて退院すれば、それでいい」と言いました。ヤスオが重度重複の障害児になろうとも、ヤスオはヤスオ。家族として戻れれば、それはそれでいい、と私も思いました。

最初に手術をしたのは4月でしたが、季節はあっという間に初夏となり、ジメジメした猛暑が訪れました。ヤスオの経過は順調で、少しずつ食欲も出てきました。

ヤスオの最大の治療は「食べること」。口から栄養が取れれば点滴は必要なくなります。これまで点滴の針を刺したために、両手足が赤くただれてボロボロだったことを思えば、ヤスオにとっての試練が一つ減ることになります。

担当の小児科医が栄養士さんを呼んで、食事療法にも取り組んでいただきました。特別メニューの病院食のおかげもあって、ヤスオから点滴と2本のドレナージ外されることになりました。

その日、私が個室に入ると、担当脳外科医師の腕にヤスオがちょこんと抱かれていました。

「ほら、やっちゃんの身体にはもう何もついていませんよ。これから好きなだけ抱っこしていいんですよ。お母さん、そんなことずいぶんと久しぶりでしょう?」

と。ぼやけた私の目には、その医師が「ブラック・ジャック」に見えました。

ついに「退院宣言！」

その後、ドレナージを外したことでヤスオの脳圧は高くなり、体調を崩していきました。つい先日、晴れやかな気持ちになったのに、今日はまたどん底の気持ち。神様は、気まぐれにアメとムチを繰り返すのだと、恨めしい気持ちになりました。

ある日、私と主人は担当の小児科と脳外科医師たちから、「このままドレナージを続けても改善する見込みがないので、シャントを入れてみようと思う」と告げられました。シャントは、大人用の太いチューブを右耳後ろから右腹部まで皮下に植え込む手術です。脳外科医師は「90％以上自信がある」と言ってくださったので、お願いすることにしました。

ヤスオのシャントの手術は無事に終わりました。ヤスオの生命力は素晴らしく、みるみる食欲も戻っていきました。

私と主人の頭の中には自然と「退院」という文字が浮かびました。私はさっそく、退院後にヤスオが通う、リハビリの病院をあちこち探し始めました。

ヤスオの点滴が取れた3日目の朝に、私は担当医師に、

「今週の土曜日に退院します！」

と宣言しました。担当の小児科医師は、あっけにとられた顔をしましたが、「ダメ」とは言いませんでした。

私は、退院したあとの生活訓練としてヤスオをお風呂に入れました。久しぶりのお風呂に慣れていないヤスオは、最初、ビックリした顔をしましたが、すぐに気持ちよさそうに湯船で手足をのびのびとさせました。

ヤスオの身体をそっと洗っていくと、体じゅうに針の跡。50まで数えて、すべて数えるのが無理だとあきらめたほど、頭のてっぺんから首、指の先まで治療や点滴、採血のための針の跡だらけでした。

「生きるって大変なことなんだね」

私はヤスオに語りかけました。


8月5日、約4か月の入院生活にピリオドを打ちました。

入院したのは桜の時期だったけれど、今は夏真っ盛り。その日はヤスオにとってその年2回目のお誕生日だったかもしれません。

私の実家では、ヤスオの帰りを待ちわびていたコウタが大はしゃぎ。やたらとヤスオにまとわりついているうちに、コウタは転んでヤスオの上にひっくり返ってしまいました。コウタの手がヤスオの頭の傷に当たって、ヤスオは激しく泣き出しました。

主人と私、おじいちゃん、おばあちゃん、おじちゃんが一斉に、

「こらっ、コウタ!!」

と叱りました。コウタも大声で泣き始めました。でも、コウタが泣いたのは叱られたせいではなく、自分の不注意を恥じてのことだと分かっていたので、大人も全員、泣き出しました。

こんな風に皆が一斉に泣くなんて、めったにないこと。素敵だな、と思いました。不幸だから泣くのではなく、「命あること」に感激したのだから。

その日の夜は、酔いどれて大いびきの主人と、鼻アレルギーのコウタの中いびき、ヤスオの細やかな小いびきを子守唄に、私は久しぶりに幸せな気持ちで眠りに落ちました。

社会復帰への道——障害者手帳のこと

退院してからのヤスオは、内臓が丈夫だったので、どんどん成長していきました。赤ちゃん用のバギーが小さくなってきたので、リハビリ用の椅子が欲しいと思いました。市役所に相談すると、親身になっていろいろな「障害者における制度」について紹介してくださいました。

ヤスオは、「愛の手帳」という知的障害の方に交付される手帳をいただくことになりました。判定基準に該当する障害の程度によって1度から4度の区分で交付されます。この手帳を持つことで各種の手当や制度を活用することができます。

判定医師は、私たちの話を聞いただけで、寝ていたヤスオを起こして診断することもなく、「判定は2度にしましょう。そのほうが親の税金など特典も多いですから。ヤスオ君の成長の過程でうんと良くなるようなら、もう一度、判定に来てください」と、言ってくださいました。

ただ、障害者手帳のほうは発行まで難航しました。もちろん、障害者手帳が発行されるということは高額な手当の支給になるのですから、納税者の一人としても慎重に行われるべきことだとは認識していました。

しかしながら、ヤスオのように少しは良くなる見込みのある子どもだと、障害者手帳が発行されないルールには、納得がいきませんでした。

私はケースワーカーさんに、

「2歳を目の前にして寝返りもできないのだから、障害があると認めて補装具を作らせてください！　普通の子のように回復したら手帳はすぐお返しします」

と訴えました。ケースワーカーさんは、困惑した表情で、

「手帳の申請に提出する診断書は、障害の度合いが確定していないと書けないものなのです。意地悪で書かないのではありません。そういう制度になっているのです」

私は泣くまいと思っていたのに、勝手に涙があふれ出てきました。

「手当が欲しくて手帳を申請するのではありません。少しでも障害を克服して社会復帰させたいから補装具を作らせてほしいと言っているだけです！」

心の中ではいろいろな思いで張り裂けそうになりましたが、私はそれを言葉にすることができませんでした。

それを、ヤスオと同じ病院で仲良くなった障害児をもっているお母さんに話すと、「手帳とか、福祉を求めるときには、とても傷つくことを言われたりするけれど、それに負けないでね」

と、励まされました。私はそれから幾度となく、役所やケースワーカーさんたちに同じ主張を繰り返しました。

結局、身障者手帳はヤスオの障害の度合いがはっきりする3歳になったら申請することになりました。補装具などは、都の施設などで不要になったものから、ヤスオに合うものを探してくださることになりました。

お古でしたが、可愛いスカイブルーの車椅子をヤスオはとても気に入って、ちょこんとおさまって「キャッキャ」と歓声を上げました。その姿を見て、あきらめずに訴え続けることも、障害児の親の役目なのだと知ったのです。

黒なのか、白なのか

ヤスオのために親としてできることは何だろう？　これは私たち家族の命題となりました。そこで私たちは、厚生労働省に「予防接種による健康被害の認定を求める申請書」を提出することにしました。

市役所の方々や病院関係者の方々にあちこち足を運んでいただき、カルテをはじめ膨大な資料を集めていただきました。

認定されると賠償金をもらえるのですが、お金よりも（もちろんお金があればヤスオにより良い看護ができるのですが）第2、第3のヤスオのようなケースが発生するかもしれないのが、たまらないと思ったからです。

死んでも当然のヤスオが生きているのは、何かやり残した仕事があるからだろう、と思ったこともあります。

厚生労働省の審議結果は「予防接種との因果関係は認められない」でした。たった数行で片づけられてしまったのは、とても残念に思いました。報告書にはどのような方々が審議されたのかも記載されていませんでしたが、ヤスオの記録は厚生労働省に残ったはずです。何もしなかったわけじゃない。無力な一市民として、やるだけのことはやったのだからと、自分自身を納得させたのです。

今でも予防接種を「黒」と決めつけたくはありませんが、「白」と決めることが正しいとは思っていません。

同じ予防接種が大多数の人にとって無害であっても、ごく少数の人体にはとんでもない副作用を起こしてしまう可能性もあるのです。

「認定を求めて裁判を起こすべきか……？」

悩んで朝を迎えることがたびたびありました。

ヤスオの人権を守ってあげなければ、と思いつつ、結果として裁判を起こさなかった理由は、裁判を起こすことでヤスオにとって大事な「時間」を取られてしまうから。たとえ勝てたとしても、手にするのは「認定と賠償金」だけ。ヤスオはそれを喜ぶだろうか？

裁判を起こすための時効は、発病から20年。私たちはヤスオが生きている間は裁判を起こさないと決めたのです。

天国へ。ヤスオから家族へのメッセージ

ヤスオは成人してから、昼間は自宅からデイサービスの施設で過ごし、私はその間の時間だけ介護士の資格をとって介護の仕事をしていました。

現場では、言葉が話せないヤスオからは聞くことのない感謝の言葉をたくさん聞くことができて、それは私にとって喜びになりました。

ヤスオの世話をした経験が、ほかの方々にも活かせることが、自分にとっても生きる励みとなりました。昔、習得していた美容師の免許が介護者の髪の手入れなどに役に立っています。

ヤスオは喜怒哀楽の表情はありましたが、言葉は話せませんでした。ヤスオが亡くなって10年経った今思うと、ヤスオの言葉が出ないことは、親子にとって案外、幸せなことだったのかもしれません。

もしヤスオに「痛い、やめて」とか「どうして僕だけこんな目に…」などと言われたら、

お互い心がささくれ立って、別の感情が生まれてしまったかもしれないからです。

ヤスオの最期は、風邪をこじらせたときのこと。注入チューブがなかなか入らなくて、私は疲れとストレスから、ヤスオについ、

「もう、いいかげんにして」

と言ってしまったのです。

もちろんヤスオは何も答えません。私はそのあと、突き放すような言葉をヤスオに投げかけたことを後悔しました。

それから数日後、ヤスオは飲み物を誤飲したことが原因で肺炎を起こして亡くなってしまいました。

これも今思えば、ヤスオとしては自ら命を絶つような行為だったのかな、と……。

今、生きていれば、ヤスオは36歳。障害のあるお子さんをもつ自分と同年代の親たちをみると、子どもを施設に入れたり、または自宅で介護していたりします。ヤスオが生きていたら、果たして自分はそこまで頑張れるのだろうか、と思うことがあります。

ヤスオはきっと、そんなことを見計らって逝ってしまったのかもしれません。

神様の話ではありませんが、人は必要があって生まれて、その役目を終えて天国へ戻っ

ていく。

あのときを振り返ってみると、主人の再就職が決まり、兄のコウタも順調に仕事を続け、妹のリカも年頃になって恋人ができました。きっとヤスオ本人は安心したのかな、と思います。

そしてもうひとつ。ヤスオの病気をきっかけに、私の兄とヤスオの担当ナースが出会い、結婚したこと。二人の間に子どもが生まれたことは、きっとヤスオの計らいなのでしょう。つねに神様と悪魔は一緒に行動しているのだと思わざるを得ません。


これは後日談ですが、娘のリカは結婚して第一子が生まれることになりました。その出産予定日が、ヤスオの3回忌の命日である2月20日だったのです。

私は天国にいるヤスオに、

「リカの子どもはやっちゃんの命日には生まれないようにしてね」

とお願いをしました。すると、実際に生まれたのは命日の翌日の2月21日だったのです。

主人は、

「天国のヤスオが願いを聞いてくれたんだね」

と。私も、ヤスオからの家族へのメッセージだと思いました。

今日もヤスオは写真の中で笑っています。今でもヤスオと戦ってきた日々のことを思い出しますが、自分ではやりきったと思うようにしています。

ちょうどヤスオが亡くなった半年前に、ヤスオのお友達も亡くなっているので、今頃、向こうで仲良くしているのだろうな、と思います。

25歳の青春真っ盛りのときに不自由な体で生きていくよりは、向こうでお友達と一緒にバイクでも乗っているんじゃないかしら。

やっちゃん、縁があったら生まれ変わってきてね。どこかで会えると信じています。

弟の死を目の前にして

コウタにとって、人の死に初めて直面したのは、小一の頃。コウタが5歳になるまで一生懸命育ててくれた、コウタの祖父、私の父が亡くなったときでした。祖父の死を目の当たりにして、「人はいつか死ぬのだ」ということを、コウタは身をもって学んだのだと思います。リカが飼っていた黒猫のジジを看取ったのもコウタでした。ジジが絶命の瞬間に一人で立ち会ったコウタが、その様子を伝えてくれたとき、

「一人で悪かったわね」

と、私が言うと、

「一人で怖かった」

と、コウタはポロポロと泣き出しました。

ヤスオが亡くなったのは、コウタが28歳のときでした。すでに社会人で会社の宿直室で一人暮らし。仕事も忙しく、実家になかなか帰れない状況でしたが、いよいよヤスオの状

態が悪くなって危ない、というときに、出張先から飛んで帰ってきてくれました。

コウタは、ヤスオは病気だから自分より早く逝ってしまうかもしれない、ということを覚悟していたようでした。

人の命の大切さやはかなさ、永遠に命があるわけではないということ。死というものがどんなにか悲しいものかということを、祖父やヤスオの死を通じて実感していたので、コウタはこの先、どんなことがあろうとも、命を粗末にすることはない、と思います。

ある意味、年寄りというのは、死に目をちゃんと子どもや孫に見せることが最後の務めだと思います。生きているモノは必ず死ぬということを身近に見ることは大切なことだからです。

今の子どもたちは、ゲームの世界で平気で人を殺してしまったりします。逆にゲームのなかで自分が殺されてしまっても平気なのは、ゲームをリセットすればすぐに生き返ってやり直せるからです。

命の重さを知らないのは、本当に怖いことだと感じます。私などは、息子を亡くしてから、西部劇やチャンバラ劇、パニック映画などは見られなくなりました。

それはコウタもリカも同じです。人の命の大切さを教えてくれたのは、ヤスオが残してくれた、私たちへの最後の贈り物だったのだと思います。

第4章

フォロー体制の大切さと支えてくれた家族や友人たち

第4章

フォロー体制の大切さと支えてくれた家族や友人たち

我が家のギフト。ナイチンゲールと同じ日に生まれた末娘

ここでは、障害児を抱える家族がどのように助け合っていけばいいのか、周囲からどのようにフォローしてもらうと助かるのか、我が家を例にお話ししたいと思います。

振り返ってみると、私を支えてくれた大きな存在は、「普通の子」に生まれてくれた長女のリカでした。じつはリカを身ごもった当初、産もうかどうしようか迷っていたのですが、心がナイーブな長男、身体がデリケートな次男を育ててきた私は、次第に「ごく普通の子育てがしたい」という気持ちが強くなっていきました。

それは、社会に対する私の女の意地という側面もあったのかもしれません。また、無条件の愛情で私たちを受け入れてくれていた主人の家族に対してのお礼の気持ちもありました。

じつは、リカの妊娠は、日航機墜落事故で知人が巻き込まれて亡くなった時期に重なっています。知人を亡くしたショックで、私のバイオリズムが乱れてしまったのかもしれません。

じっくり考えた結果、私は大きな不幸から発生したかのような、授かった命を大切にしようと思いました。病院の先生たちにも報告すると、「とにかくバックアップするから」と温かいお言葉をいただきました。

ヤスオは私の臨月から3か月、集中リハビリという名目で入院することになりました。妊娠中は何も問題なく、お腹の大きさも目立たなかったので、お正月に主人の実家に帰ったときも気づかれないほどでした。

長女のリカは、ナイチンゲールと同じ誕生日に生まれました。私自身は、男の子3人でもいいかな、と思っていましたが、取り上げてくれた医師が、

「元気な女の子です。きっと母親の味方になって助けてくれる子に育ってくれるでしょう」

と、おっしゃってくださいました。

その言葉通り、リカは私にとって最高のナビゲーターになってくれました。未熟な私だけれど、頑張って生きてきたご褒美に、神様が授けてくださったのだと思っています。

女の子は丈夫で育てやすい、とよく言いますが、リカは大きな病気もせず、駄々をこねて大人の手を煩わせることもなく、すくすくと育っていきました。

親として少し困ったのは、リカが保育園のときに、当時に流行っていた「魔女の宅急便」の主人公になりきり、園の行き帰りにホウキにまたがったままだったことくらい。黒猫を欲しがり、譲ってもらったほぼ黒猫の子猫、ジジを抱えて、ホウキにまたがったまま押し入れから何度も飛び降りていました。それも、今では懐かしい想い出です。

小学生になって、リカはクラスのまとめ役をやるようになりました。といっても、出しゃばりな感じではなく、ふだんは穏やかに気長に待っているのですが、いざというときになるとビシッと発言していたようです。

私もつい、「リカなら大丈夫」という絶大な信頼を寄せていたので、逆にかわいそうなことをしたこともありました。

ある日、リカが登校拒否宣言をしたことがあります。私は、少しとまどいましたが、「何か手助けすること、ある?」とだけ尋ねてみました。

「自分でするから気にしないで」

と、リカが言うので、私はそのままにしておきました。その日はＰＴＡの集まりがあり、私が学校に出向くと、さっそく教頭先生から、

「今日、リカちゃんお休みしたけど、風邪でも引いたの？」

と聞かれました。

「登校拒否だそうです。図工の先生と何かあったみたいですけれど、自分の問題だから大丈夫だと言っていました」

と、私はあっけらかんと答えたのですが、あとから教頭先生からお電話をいただき、私は叱られてしまいました。

「自分の子どもをちゃんと見ていますか？　リカちゃんは理由もなく登校拒否するような子ですか？　しっかり自分で何でもできる子だからって、親として手抜きしていませんか？」

教頭先生の言葉は、ストレートに私の心に突き刺さりました。リカには、

「教頭先生から、リカはしっかりした子だから、その分、親が怠けていると叱られたわ。教頭先生はこれからもずっとリカのことが大好きで頼りにしているから、明日から元気に学校に来てね、と言ってたよ」

と、伝え、親として自分の娘を頼りにし過ぎてしまったことを謝りました。リカは、思いがけない言葉に、大泣きしました。

「私のことなんか放っておいてくれても良かったのに」

と。きっとリカは自分のことを見守っていてくれた教頭先生に救われたのでしょう。クールに見えて、じつは強がっていた部分があったのだと思います。それは私に負担をかけまいとするリカの想いなのだと、彼女の存在がより一層、愛おしく感じました。


中学校の入学式のときにも、こんなことがありました。もちろん私は式に参列したのですが、親と一緒のクラスの集合写真には写っていません。なぜなら、ちょうど次男のヤスオのお迎え時間になってしまったから。

授業参観や学校行事なども、ヤスオの病院通いやコウタが学校で問題行動を起こした対応などを優先して、休んでしまうこともたびたびありました。

あるときリカに、「いつもごめんね」と謝ると、

「別に、全然かまわないよ。へんに親がしゃしゃり出てこないで欲しいしね」

と、本気なのか、気を遣ってくれているのかわからない返事をしました。

あるとき、テレビで立派な教育者の先生が、

「グレる子は家庭で食卓を囲まない孤食の子」

と言っているのを見た娘は大笑い。

「私、グレなくちゃいけないみたい。私にはグレてる余裕なんてなかったのよ」

と言うリカの表情からは、年相応の女の子にはない何か達観したようなものを感じました。


中学ではお友達からも先生からも好かれていたので、下心なしでPTA広報に2年間参加したりするなど、私自身も鼻高々な3年間でした。

「努力と根性が大嫌い」と公言するリカは、高校も短大付属の女子校に推薦でさっさと進学し、何事もそつなく人生を進んでいきました。私も軽やかに人生を楽しんでいる娘のことを、心から頼もしく思っていました。

在学中にヘルパーの資格を取り、付属の短大に進学しないで、動物のナースになるために専門学校に進みました。


私はといえば、ときどき心が折れて、「こんな人生、もう終わりにしたい」と思うことがありました。当時、ブームになっていたノストラダムスの大予言で、地球滅亡を期待していました。皆、一緒に、一瞬に死ねたら、と思っていたのです。

でも、リカだけは生き残って欲しいなと考えていました。その後、リカだけ一人生き残るのは嫌だろうと思いはじめ、今度はノストラダムスの大予言が外れることを祈っていました。

私がここまで頑張れたのは、娘には迷惑をかけたくない、いつも笑っていてほしい、と強く思っていたからに違いありません。

「特殊な家族」ということ

障害児がいる家族は、いわゆる「特殊な家族」なのかもしれません。親の私たち夫婦は、自分たちが「特殊な家族」であることを、傷つきながら悩みながら少しずつ受け入れていきましたが、娘のリカにとっては発達障害と身体障害の二人の兄がいる毎日は、生まれたときから当たり前の日常でした。

たとえば、ヤスオの障害者団体の行事でディズニーランドに行くときも、リカは何の躊躇もなく自分の友達を連れていきました。

なので、リカもその友人たちも、車椅子だったり、身体障害をもった人たちのことを自然に勉強するようになりました。身障者と一緒の時間を過ごすことで、

「身障者はどんなことはできて、どんなことはできないのか」

「たとえ言葉は発しなくても、喜怒哀楽があること」

「外部の人から見たら、毎日が大変そうに見えても、じつは日常の中に笑い合えるような

出来事もあること」

などを、実感しながら学んでいってくれたのです。

生まれながらにして「自分はお世話をする係」であることを、リカはわかっていたのだと思います。

リカは一度も我が家が「特殊な家族」であることを悲観したり、文句を言ったことはありません。

淡々とありのままを受け入れて、その中で、

「楽しく過ごしていくには、どうしたらいいのか?」

をつねに探しながら生きていってくれたのです。それは、親として本当にありがたかったことです。

長男のコウタとの関係でも、子どもの頃に八つ当たりをされたり、叱られたりすることも多かったのですが、そんなときもリカは反発することなく、兄の感情が収まるまで黙って耐えていました。一度、思いきりひっぱたかれたときも、泣いたりせず、身じろぎもしませんでした。

すると、パニックを起こして逆上したコウタも、リカが淡々として反応しないので、そ

のうち気持ちが静まって諦めてしまう。

それは親の私たちのコウタに対しての接し方を見て、自然に学んだのだと思います。特別に親が教えなくても、生まれてきた環境の中で、リカはリカなりに折り合いのつけ方を身に付けていったのです。


リカが20歳をすぎたころ、私と彼女とでこんな会話がありました。

「じつはね、あなたを妊娠したとき、産まない選択があったの。でも、私はあなたに生まれてきて欲しかった。悪かったかな?」

「いや、この人生楽しいから、お母さんには感謝してるよ」

「あなたには苦労かけたかもしれないけど、これからの人生、楽しみなさい」

そんな会話があってから、彼女は結婚を決めました。

ヤスオが旅立ってから1年後のことでした。

激動の人生を共に歩んだ主人のこと

次に、子どもたちの父親である、私の主人のことを書きたいと思います。

主人と出会ったのは、叔母が経営するスナックでした。当時、私はテレビ局でヘアメイクの仕事をしていましたが、仕事が忙しすぎて体調を崩し、長期休暇をもらっている最中でした。

主人がスナックのドアを開けて入ってきた瞬間、私はなぜだか「ギョッ」としました。これまで出会ってきた人たちとは違うイメージだったからでしょうか。

店の近くの自動車工場でテストドライバーをしていた主人とは、そこで出会った縁で、仮免中で路上練習中だった私の同乗指導員をお願いすることになったのです。

当時、男女限らず友達はたくさんいましたが、いつもは聞き役ばかりだった私が、主人と一緒だと自由に話せてとても楽しかった思い出があります。

一緒に映画を観ても、感動した場面が全く違うのです。主人と一緒にいると、別の視点から物事を見られることが新鮮でした。

当時私は仕事にも限界を感じて、精神的にもスランプ状態。本能的に自分が落ち着ける場所を求めていたのでしょう。

主人と交際するうちに、自然と「結婚も悪くないかな」と思い始めた自分がいました。でも、主人との結婚を決めたことを周囲に告げると、多くの友人たちは大反対。

「華やかな仕事を続けてきたあなたと、あの人ではあまりにも環境が違い過ぎる。結婚しても3か月ももたないわよ」

と、はっきり言われたりもしました。

でも、人間と言うのは反対されるとよけいに意地になってしまうもの。両親が技術者でもあった主人のことを気に入ってくれたこともあり、身内だけの結婚式を挙げることにしたのです。

子どものことでは会社を早退して手伝ってくれた

主人はとても手先が器用でしたし、パソコンなどの新しい技術を積極的に仕事に取り入れていました。

ただすごく頑固なところがあって、平気で上司に啖呵を切ることもありました。要領よく出世コースに乗るタイプではありませんでしたが、子どもに何かあれば駆けつけてくれる頼もしい父親でした。

コウタが学校で問題を起こしたときや、ヤスオを病院へ連れて行くときも、主人にSOSの電話をして、何度会社を早退してもらったかわかりません。

父親として子どものために出来る限りのことをしてくれたので立派だと思いますし、それを許してくれた主人の会社には今でもとても感謝しています。


そもそもモノの考え方が全く違うことが魅力で一緒になったので、子育てを巡っても意見が合うことは稀でした。そこで、あるときから私は何があっても「喧嘩せず」の考えを通すことにしました。主人と言い争いになりそうになると、

「そういう考え方もあるのね」

と、あとは沈黙しました。

手が回らないところだけ頼って、気分よく家のことを手伝ってもらうほうが、こちらも有難い。そのほうが家の中が平和なのです。

これも長年連れ添って得た夫婦円満の知恵ですね。ヤスオがいる間はお互い、病院に行っ

たり来たりで大変でしたが、今は娘夫婦が孫を連れて遊びに来ることもありますし、家に戻ってきたコウタとは、やっと落ち着いて父と息子の関係を楽しめるようになったようです。

「子は鎹（かすがい）」と言いますけれど、私たち夫婦はその典型かもしれません。子どもに何も問題もなく、何不自由なく生活していたら、とっくに破綻していたかもしれません。人生に「たられば」はありませんが、縁あって巡り合った主人と、３人の子どもを授かり、波乱万丈だけど子育てを通じて親としても成長できたことを、幸せだと思わなくてはいけません。

お世話になったヘルパーさんのこと

リカが生まれた当時は、長男が小学1年生、次男が4歳で市立の特殊保育園に通っていました。ただでさえ3人の子育ては大変なのに、障害を抱えた子どもがいる毎日は途方に暮れるほどめまぐるしいものでした。

リカが生まれてすぐは主人の母が手伝ってくれましたが、実家に帰ってしまってからは孤軍奮闘になるため、ホームヘルパーさんを市から派遣していただくことにしました。

本来は、ヤスオの介護を手伝うために来ていただいたのですが、ヘルパーさん自身、男の子しか育ててこなかったからか、「女の子は可愛い」とリカの面倒も本当によく見ていただきました。

ヤスオの介護はもちろん、コウタの話し相手や、ヤスオが病院通いの時はリカの育児も手伝っていただき、本当に助かりました。

正直にいうと、リカのトイレトレーニングをしておむつをとってくれたのは、そのヘルパーさんでした。

また、リカがお昼寝の間など、空いた時間ができると、

「お節介だったかもしれないけど流しを磨いておいたわよ」

などと、時間が無くて手が回らなかった家事をいろいろフォローしていただきました。

主婦、母親としての大先輩でもあるヘルパーさんには、感謝の気持ちしかありません。

こうして、ヘルパーさんはリカが保育園に入るまでの3年間、私がノイローゼになる原因を一つひとつ、根気よく消してくださいました。

子育てでも介護でも、一人で頑張り過ぎてはいけません。素直に「助けて」と言えることは、良い意味で生きていく上での知恵だと思います。

独身時代、バリバリ働いていた女性ほど、変なプライドがあって「助けて」が言えない人が多いように感じます。

甘えや依存ではありません。あくまでも、子どもを守るための知恵として、手助けを求め、していただいたことに心から感謝できるようになればいい。

そして今度は、自分が困っている人を助ける立場になって、広い意味で恩返ししていけばいいのです。

最後は本当に良い人たちが残った、親同士の絆

　コウタやヤスオを通じて、お子さんが障害を持っている親たちとの交流はたくさんありました。

　特別学級の親同士が集まると、自然に子どもの話になりますが、それぞれの悪いところを言いだして愚痴っても仕方ない、と思って、できるだけ私は相手のお子さんの良い面を言うようにしていました。

　私に対しても、

「うちの子ができないことを、コウタ君はできる。だからあなたはいいじゃやない」

などと、持ち上げてくれる人がいて、私自身救われたような気持になることが多かったのです。

　ひとくちに障害児といっても、みんなそれぞれ障害の中身や度合いが違いますから単純に比べることはできません。みなさん、それがわかっていたので、お互いを尊重しながらお付き合いできたのだと思います。

もちろん、狭い地域の中ですから、親同士の付き合いもいろいろありました。とくに、アスペルガーでときどきパニックを起こすコウタのクラスの親の中には、私たち親子と関わるのを嫌がっていた方もいたと思います。

確かに、向こうの親の立場で考えてみれば、私と付き合っても何もメリットはないわけです。私はいつも、コウタやヤスオのことで毎日精一杯で、助けてもらうことばかりでしたから。もっとも、私のほうが心苦しくて遠ざけてしまったこともあったかもしれませんが。それでも残ってお付き合いしてくれた親御さんたちは、本当にいい人たちばかりで感謝しかありません。

PTAでの派閥争いに巻き込まれて

大変だったのは、養護学校でのPTA活動でした。親の中にはわが子のよりよい未来のためにPTAの役員になって頑張りたいという方も多く、温度差に違和感を抱いたこともあります。

ヤスオが小学2年生のときにＰＴＡ本部役員を引き受けてから、12年間で5年もの間、ＰＴＡで責任あるポジションを務めました。

親同士の年齢もさまざま、育った環境や子どものために求めるものも違う人たちとコミュニケーションをとるのは簡単ではありませんでした。

定期的に行われるＰＴＡ活動の行事でも、同じ方向で一本化しようとすると、必ず不満をもつ人が生まれてしまいます。そんなこんなで、私も日々の介護のストレスが増長し、役員同士で対立することも多かったように記憶しています。

役員をしているときは真面目に役割を果たし、役員をしていないときは聞き役をしていたのですが、病院の待合室などで誰とでもおしゃべりしていたのが悪かったのか、

「あなたが今のＰＴＡが悪いって、批判しているのを聞いた」

などと、言いがかりをつけられたこともありました。

そこで私が反論しても、その人は人づてに聞いたことを信用しているのですから、喧嘩するだけ無駄。そんなときは、スルーして話を続けないようにしました。そういう人とお付き合いがなくなっても、全く構わないと思ったからです。

今でもお付き合いのあるお母さんの中には、それらの事情をすべて分かって味方になっ

てくれている方が何人もいます。それだけで十分です。

ＰＴＡに関わっていると、子どものことに関して、親同士でいろいろなことが巻き起こります。ときには理不尽なことも起こるのです。

でも、親としては、すべては子どものため。そこだけ揺るぎない想いをもっていれば、いつかは笑い話になる日がきっときます。

今、子育てや親同士の人間関係に悩んでいる人には、いつか「笑える日」が来ることを信じて頑張って欲しいと思います。

15年間お世話になった息子の会社の社長

コウタに関して、本当にお世話になったのが、コウタの就職先の社長さんです。もともとコウタが通っていた高専のOBで、IT系の会社を立ち上げた方でした。

社長自身もコウタを社員に受け入れる時点で、コウタとアスペルガーについて学校からレクチャーを受けて、受け入れ体制を整えてくださったようです。

実際に、コウタのこだわり行動や苦手なことを理解してくださり、仕事の指示の出し方などについても考慮していただきました。

社内には社長も含め、理数系出身者が多く、仕事内容も数字などのデータを扱うのが主なので、社内の雰囲気も仕事内容もコウタに合っているようでした。

コウタは決められた仕事や社内のルールはきちんと守るので、社長も安心してコウタに仕事を任せてくれたようです。

ただ心配だったのが、お茶くみや社内の掃除などの雑用ができるかどうか、ということ。

その点も、社長は、

「うちの会社は、お茶は飲みたい人は自分で入れて飲めばいい。新入社員にお茶くみをさせない」

という方針でしたから問題なかったようです。

会社の宿直室にも住まわせていただき、約15年、お世話になりましたが、じつは去年、コウタは会社を退社することになりました。

私は最初、コウタはリストラに遭ったのかと思っていました。会社を辞めて私たちの住む実家に戻ってきたときに、コウタ本人から話を聞いたところ、社長と喧嘩したわけでも、仕事が嫌になったわけでもない、とのこと。

ただ残業が多く、本人的には少し休みたい、という思いがあったので辞めることに決めた、とのことでした。それを聞いたとき、私はホッとしました。

親としては息子が悔いのないように考えて選んだ答えなら、どんな答えでも応援することを本人には伝えました。社長さんは、

「またいつでも戻ってきていいよ」

と言ってくださったとのこと。

親としては、またご縁があればお世話になりたいと思っています。

お天道様は見ている、という想い

よく周囲の方々から、

「発達障害と身体障害の二人のお子さんを育てるのは、本当に大変ではありませんでしたか？」

と聞かれることがあります。

でも、私の周辺には同じ障害を抱えている二人のお子さんを育てている方もいます。私の場合は、「見える障害、見えない障害」と全く違う障害を持つ子どもを育てていたので、それぞれの障害をもつ子どもの可能性や生きる上での困難さを分かる立場にありました。

それは、「大変」というより、無我夢中な時間でした。

母親というのは、悩んでメソメソしていることはできません。幼子が泣いていれば、おむつを替えたり、ご飯を食べさせたり、毎日子育てするのに精いっぱいで、クヨクヨ考えている時間はありませんでした。思えばそれが良かったと思います。

一日がとても短かった。ゆっくりご飯を食べたり、お茶飲む時間もありませんでした。

最近、あのときを振り返る瞬間がよくあるのですが、今思えば退屈知らずの楽しい時間だったと思います。

「フロム・ディスタンス」に救われて

二人の子どもに障害があることで、世間から好奇な目で見られたり、「同情するわ」と言われるたびに、ずっと意地を張って、負けまい、負けまいと思って生きてきました。

他人様から可愛そうと思われても、

「子どもたちから必要とされている毎日だから、私のほうがずっと幸せよ！」

と、腹の底で思っていました。でもそれは、半分くらい負け惜しみだったのかもしれません。


振り返れば、そんな気持ちが救われる瞬間がありました。あるとき、テレビからクリフ・リチャードの「フロム・ディスタンス」が流れてきて、その中の「God is watching us」という歌詞にハッとさせられたのです。日本語にすると、

「お天道様は見ている」

これは子どもの頃、よく父から言われた言葉でもあり、当時の自分のささくれ立っていた心に、ストンと落ちた言葉でした。

宗教ではありませんが、「神様がわかってくれていればいい」と思ったら、人から何を言われても気にしないでいられるようになります。

それからは心が折れそうになったときに、

「神様がちゃんと見ていてくれるから、大丈夫。神様に対して恥ずかしい行動はしません」

と、おまじないのように唱えるようになりました。

あれから30年以上たった今でも、その想いは変わっていません。

大正生まれの父親からの「金持ち喧嘩せず」の教え

私の父親は、大正生まれです。戦前、戦後の激動の時代を生きてきたこともあり、娘の私には人としての普遍的な幸せは何か、をつねに教えてくれていました。

私の父は子どもの頃からとても勉強ができて、頭のいい人でした。本当は旧制中学からもっと上の学校に行きたかったそうですが、当時は学費にかけるお金もなく、進学をあきらめたと聞きました。

その分、世間でどう生きていけばいいのかを、自分ながらに経験して私や兄に話して聞かせることが多かったように思います。

よく言っていたのが、

「金持ち喧嘩せず」

という言葉です。

「冷静に話し合えないような相手とは喧嘩したらいけないよ。そういう相手は言いくるめたって仕方ない。自分から遠ざかるか、無視するか、文句を言ってきたら頭下げておけばいい。喧嘩になるのは両方ともバカだからなんだ。バカ相手に喧嘩するのもバカ。同じ土俵に乗るな」。

今、世間では「金持ち喧嘩せず」をテーマにした本が売れているそうですね。私は学生運動が盛んだった世代の生まれなので、世間の理不尽さに直面すると、つい戦いたくなってしまいます。

もちろん、子どものためにずいぶんと戦ってきましたが、中にはどうにも話し合いにならない相手というのもいて、頭を悩ませていた時期もありました。

そんなときも親からの教えは、ずいぶんと心の支えになりました。

真正面からいちいちぶつからず、上手ないなし方を身に付けるのは、昔も今も変わらない賢く生きるための処世術ではないでしょうか。

第5章

発達障害の子どもをもつ親御さんたちへ 12のアドバイス

第5章

発達障害の子どもをもつ親御さんたちへ　12のアドバイス

アドバイス1
社会性を身に付けた長男の現状——悲観せず長い目で見る

最後の章では、発達障害の子どもをもつ親がどのように子どもに接していけばいいのか、どのような心もちでいればいいのか、私なりの経験を基にお話ししようと思います。

前の章でも触れましたが、今年、長男のコウタが15年ぶりに実家に戻ってきました。これまでずっと会社の宿直室で一人暮らしをしていた分、実家では食卓に座ればご飯が出てくるし、お風呂に入れば着替えのパジャマが脱衣所に用意されているので、すっかり甘えちゃっていますね。

長男は子どもの頃から、アニメやゲーム、鉄道おたくでもありました。実家に戻ってきて一番心配だったのが、家にずっとひきこもるんじゃないかしら、ということでした。

ところが、実際にはネット社会に生きてきたためなのか、いろんな趣味のオフ会に参加して、毎週末、新幹線で旅行しています。

今のところ、トラブルになった話は聞いていないので、共通の趣味をもつ仲間と楽しくやり取りできているのかな、と思っています。

先日は、コウタから「人に会うから床屋に行かなきゃ」という話が出てきたので、本人なりに社会性は身に付いているな、と安心しました。

時間はかかりましたが、高専時代の先生からの言葉が、今になって身に沁みますね。

「コウタ君は、失敗から学ぶ学習能力があるから自分の力で這い上がっていけると思います。彼を信じて頑張らせましょう」

と、学校側でも応援してもらったのが良かったと思います。卒業まで7年かかりましたが、時間をかけてたくさん失敗したから、社会性や仕事をするため技術が身についたのでしょう。

現在は、在宅しながら人材派遣で仕事を紹介してもらってエンジニアとして働き、家にも毎月きちんと生活費を入れてくれています。

仕事に関しては、子どもが小さいときに周囲が本人の特性を見極めてくれたことが有難かった、と思います。

コウタの場合、アスペルガーの特徴である数字や機械、パソコンの扱いが得意だったので、学校でも仕事でも本人の得意分野でやってこられたのは幸せでした。なので、お子さんが発達障害であっても、悲観することはありません。今は特殊学級で生活面のことも教えてもらえるので、普段の生活さえ自分でできて、おむつが外れているなら自立できるはずです。親がつきっきりでいる必要もありません。子どもの自主性を重んじながら、お母さんが外に働きに出ることも可能になると思います。

特殊学級で親が学んだことは、

「子どもが働きに出られないなら、子どもに家事をやってもらいなさい。母親が外に働きに行く。そうすれば間接的に国民の義務のひとつである納税もできます」

と。そうすれば、立派な国民の一人になれるのです。

一見普通に見えるけれど、ここだけは定型発達の人と違う、そのことを本人も周囲も理解していれば大丈夫。今は障害者が働けるような作業所もたくさんあります。自分の特性を活かした仕事がたくさんあるので、親がいなくても食べていける、いい時代になりました。

障害者を積極的に採用する企業も増えました。それらの情報は職業安定所や求職サイトで調べられます。なお、２０１７年から自閉症も障害者枠で就職できるように法律が変わっています。

発達障害であることを知らせずに就職するよりは、理解のある会社であればカミングアウトして、無理なく働く道を選ぶことをおすすめします。

アドバイス2 早い時期に専門家に相談する大切さ

この本を手に取ってくださった方の中には、「もしかしたら、自分の子どもがアスペルガー症候群かも…」と、悩んでいる方がいるかもしれません。最近はアスペグレーという言葉もあるくらい、定型発達と発達障害の境界線で悩む方も多くなったように思います。最近ではネットでも発達障害の簡易診断ができるようになりました。「発達障害／子ども／症状」などのワードでネット検索すると、いくつかのチェック項目が出てきて、発達障害の傾向があるかどうか、調べることができるようになりました（注　信頼できる機関かどうかは、慎重に確認してください。188ページ以下に公的相談機関を掲載してあります）。

わが子の言動に強いこだわりが見られたり、友達となかよく遊ぶことができない、言葉が遅いなど、親として「変だな?」と思ったら、早い段階で専門機関に相談することをオススメします。

とくにグレーゾーンのお子さんの場合、ついつい、「これも個性かも」「成長すれば、そのうち改善される」と思いがちです。

家庭の中では問題なくても、幼稚園や学校など集団生活の中で困りごとが多くなるのが、発達障害の子どもの特徴でもあります。

逆に問題なければ、専門家から「大丈夫ですよ」とお墨付きをもらえます。いずれにしても、専門機関に相談するのが親としても安心だと思います。

タイミング的には、3歳児健診のころがいいでしょう。自治体によっては個別相談室などがあるので、子どもの気になる様子や症状を相談してみるだけでも違います。

現在では、アスペルガーなどの発達障害に関して認識が広まったこともあり、保健師さんも皆さん、かなり勉強されています。

そこでは判断がつかないようなら、専門で見てくれる医師がいる病院に紹介状を書いてもらえます。まず身近な機関に相談すれば、必ず味方になってくれて、その後もフォローしてくれるはずです。

私の場合は、まだまだ発達障害に関する情報が少ない時代だったので、健診や保健所の相談には何度も足を運びました。図書館で専門の本もたくさん読みました。10冊読んでも、自分の子どもに当てはまることは少なかったのですが、利用できるものは何でも利用してみるといいでしょう。

私は今でも、発達障害に関する本があると手に取って読んでいます。最近出た本に書いてある発達障害の子どもの特徴などを見ると、子どものころのコウタにかなり当てはまっています。

あのころは、長いこと実家に預けた影響で情緒障害を起こしている、と思い込んでいました。その思い込みが、発達障害であるという診断を遅らせてしまった、と改めて気づかされました。

「うちの子は、大丈夫」と思いたい気持ちはよくわかりますが、親の勘で「何か違う」と思った時点で、専門機関に一度、相談に行って欲しいと思います。

親として次の一手を早く打つためには、早い段階での動き出しが大切なのです。

アドバイス3 普通学級か？　特殊学級か

発達障害の子どもをもつ親が迷うのが、子どもを普通学級に入れたほうがいいのか、特殊学級に入れたほうがいいのか、ということ。

よく、普通学級に入れたいと頑張っているお母さんがいますが、そこでよく考えてほしいのが「それが自分の子どものためになるのか？」ということです。

障害の度合いによって、教科ごとに普通学級と特殊学級を併用したほうがいいケースもあれば、養護学校のほうがいい子もいます。

私は、何が何でも普通学級に通わせるのが良いとは思いません。ときどき、発達障害の子どもをもつお母さんから相談されることがありますが、私はこう答えています。

「普通学級に入れて良い影響を受けるのは、むしろ定型発達の子どもたちかもしれない。それは自分たちと違う特性をもった子がいることを、身近に学べるから。よそのお子さんのために頑張って普通学級に入れたいなら入れなさい。ほかの子にとっては役に立つけど、あなたの子どもにとって役に立つかは分からない」

と。

それに、今は発達障害の知識が増えたものの、該当する子どもも増えているため、学校側がきちんと対応できないケースも多くなったと聞きます。

子どもを普通学級に通わせるかどうかは、柔軟に考えてまずは学校側と話し合ってほしいと思います。

母親の心理を思えば、特殊学級に通わせてしまったら、親も子も「障害児のレッテル」を貼られてしまう。そのあとの人生、大変なことになる、という不安でしょう。

でも、私はこう思うようにしています。身体障害児になった次男が、もし五体満足の普通の子どもだったら……？

もしかすると、暴走族にでもなって、人様に迷惑をかけたかもしれない。どんなに愛情込めて育てても、グレて犯罪に手を染める子もいる。発達障害や身体障害だから不幸、と決めつけてはいけない、ということ。もしかすると、普通の子よりまっとうな道で幸せに生きる人生を送るかもしれないのです。

だから親としては、長い目で見なければいけませんね。できないこと、失ったものを嘆いても仕方ない。これからどうするか、ということにフォーカスして、子どもを導いてあげて欲しいと思います。

アドバイス4 自分をさらけ出す勇気が、環境を変える

障害児をもつ親は、どうしても家に閉じこもりがちになります。なぜかと言うと、

・健常児と比べられて、親子で辛い思いをするから
・世間から「かわいそう」と同情されたくないから
・勝手に自分たちと関わっても迷惑だと思ってしまうから

かつて私もそうでした。でも、そのままずっと孤立するのが得策なのでしょうか。私はそうは思いません。

しんどい思いをしても、一歩外に踏み出すべきです。それは子どものためだけではなく、親である自分のためでもあります。

私の場合は、学校の行事に積極的に参加したり、PTAの役員を引き受けたりしました。最初は正直、不安でした。役員に手を挙げてしまって最後までやりきれるかしら、周囲に迷惑をかけてしまうんじゃないかしら、と。

でも実際は、私がＰＴＡ役員をやることに決まった瞬間、他の母親たちからは拍手で喜んでもらいました。それもそのはず、みんな役員はやりたくないですからね。

でも、自分から一歩踏み出すことで、周囲からはすごく温かく迎え入れてもらったのでそれは本当に感謝でした。

下の娘がまだ歩けない頃、娘を背負って、次男のヤスオの車椅子を押して、学校行事によく参加したものです。

ＰＴＡの運営委員会に出れば、会長や副会長から、「あなた、頑張るよね」と声をかけてもらったりもしました。素直に、自分の頑張りを認められることは、すごく嬉しいことでした。

ただ、たまたま一緒にいたお母さんが、自分のクラスの役員選出の時、子育てを口実に断る親たちに向かって、私のことを例に出して、

「小川さんみたいに頑張っている人もいるんだから、できないなんて言わないでよ。小さな子どもがいたって、おんぶすればいいんだから」

と言ったことで、

「冷たいわ！　誰かがかばってやれば済む話じゃない」

と、そのお母さんがやり玉にあがってしまったことがありました。

後から知った私は、そのお母さんに、「悪いことしたわね」と言ったのですが、そのお母さんは、

「いいのよ。だって事実を言っただけよ。やりもしないで逃げるより、がむしゃらに頑張っているあなたがかっこいいと思ったから……。他の人に伝えたかっただけ」

と言ってもらったのは有難いことでした。でも、私自身が周囲から突っ込まれなかったのは、やはり障害者の子どももいるから黙っていたのだな、と改めて知ったのです。

正直、そのとき初めて、下手に障害のある子どもがいることを隠すのではなくて、「私は今、こういう状態です」と言ったほうが、周囲の人たちも手を貸してくれる、と実感しました。

役所も同じです。次男のヤスオが予防接種の関係で身体障害を起こしたかもしれない、ということで、市役所と密にやり取りをしていたときのこと。市役所には、

「もしヤスオが20歳未満で亡くなってしまうようなことがあれば、裁判を起こすかもしれませんが、今は養育に専念したいから裁判はしません」

と、今でいう司法取引のようなことを言ったら、市役所側は安心したわけですよね。役所からは、

「引っ越して市外に出てしまわれると、我々もサポートできませんから、どうか市内にいてください」

と言いました。

それからは学校のことなどの手続きを色々手伝っていただきました。ヤスオのことばかりではなく、当時、発達障害と認定されていなかった長男のコウタが、1年生のときに普通学級から特殊学級に移る際も、2年生で普通学級に戻った際も、相談に行き、アドバイスをいただきました。

私の毎年の健康診断なども、私の都合がつく時間帯に組んでくださったりと、本当にこまごまとサポートしていただいたのです。

このような経験から、障害児がいることを卑下したり隠したりせずに、正直に今の状況を話して、頭を下げてお願いする姿勢は大事だと思いました。

今まで私の人生にそういったことはなかったですから。何でも器用にこなしてきたので、「自分が悪くないことで、なぜ頭を下げなきゃいけないの」と思って生きてきました。

信心深い母からは、

「あなたが、障害を抱える子どもを育てることになったのは、神様からの試練なの。人の生き方を知るために、そういう子どもを授かったのよ」

と、言われたときは納得がいきませんでしたが、今ならそういう人生を歩む意味や、さまざまなことを学んでこられた有難さがわかります。

当時は、半分、意地もありましたけれど、そういう風に周囲の人たちに助けてもらったおかげで、荒波の人生を乗り越えてこられたのだと言えるのです。

アドバイス5 アスペルガーには、ときには「許す」ことを教える

アスペルガー症候群の人は、あいまいな表現や空気を読むのが苦手です。子どもに対するしつけに関しても、通常なら、

「横断歩道は気を付けて渡りなさい」

「お店に入ったら、周りの人に迷惑をかけないように」

と言えば、どのように振る舞えばいいのか伝わります。

しかし、アスペルガーの子どもの場合は、「気を付けて、とはどういうこと?」「迷惑をかけないようにするってどうすればいい?」と、よくわからないのです。


私がアスペルガーの息子に伝えていたのは、

「横断歩道は気を付けて渡りなさい」⇓「横断歩道は、青になったら横を見て、後ろを見て、渡りなさい」

「お店に入ったら、周りの人に迷惑をかけないように」⇓「向こうの大きな声で話してい

る人たちのこと、どう思う？　小さい子だから仕方ないけど、席を立ってお店の中をウロウロしていると、お店の人にぶつかって、お料理をこぼしちゃうかもね。嫌だよねぇ」

このように具体的に話して、ルールを伝えていました。

とくに、危険を伴うようなことはきちんと具体的に言葉にして伝えることが大切です。

「道路は飛び出さないようにね」

ではなく、

「信号がない道を渡るときは、車が来ないことを右、左、前、後ろを見てから渡るようにしてね」

と伝えました。

そうやって一度、教えればルールとして頭に入るようです。我が家の場合は、眠るときの絵本の読み聞かせのように、いろいろな世間のルールに関して、コウタには話して聞かせていました。

コウタの場合、ルールで教えるのが本人にとっても理解しやすいようでした。そのうち「法律」に関しても教えるようにしたのですが、コウタは興味を抱いてどんどん覚えていくようになりました。

ただ、コウタが小学生になったころに、あまりにルールや法律に縛られる弊害が出てきました。何か失態があると、すぐ「あいつは死刑だ」と言うなど極端になってきたのです。

それを危惧して、

「法律には情状酌量っていうものがあるのよ。ケースバイケースで考えなきゃいけないこともあるからね」

と、教えることにしました。

アスペルガーの子どもには、「自分がルールを守る分、ルールを守らない人に厳しくなる」という傾向があります。

なので、そういう面が強調されてきたら、親としては、

「ルールを守ることは大事だけど、人間は一生懸命やっていても転ぶことはあるの。何もかも完璧な人はいないから、ときには失敗したり、時間通りにいかないこともある。ときには許してあげることも大事なんだよ」

と、諭してあげることも必要です。

映画『エデンの東』で、アブラが再婚した自分の父親を許すシーンがありますが、コウタにはときには映画や本の中の話になぞらえて、

「大人も一生懸命やっているけれども、ときには間違ったことをしてしまうこともあるか

ら、そのときは、許してあげなさい。お母さんも、お前もときには間違うときもある。だからそのときはお互い、許してあげる気持ちが大事なのよ」

とにかくひとつずつ、話して聞かせることです。人生は数字であてはめられることばかりではなく、つねに正解があるわけではない、ということは繰り返し話すように心がけていました。

それまでコウタは、電車が遅れるとすごく怒って文句を言ったり、ルールを守らない人に対して手厳しいことが多かったのですが、四角四面の考え方を変えることで、他人に対してもずいぶんと柔軟な考え方ができるようになりました。

親としては根気のいることではありますが、基本のルールは教えつつ、多角的な視野や柔軟な考え方を教えていくことで、アスペルガーの生きづらさは随分と軽減されるのではないでしょうか。

アドバイス6 生活習慣は具体的にルールを決める

青年期で困ったのは日常生活での細かなルールでした。幼少期なら、親がお風呂に入れてやったり、着替えを出してやったりできますが、中学生、高校生にもなれば日常生活のことは自分自身でできなくては困ります。

アスペルガー症候群には「身なりを気にしない」というケースが多く、それゆえお風呂も「毎日お風呂に入る」「二日に一度は髪の毛を洗う」など具体的なルールを決めないと、自分で気づいて行動するのは難しかったりします。

洋服の着替えに関しては、クローゼットやタンスの引き出しを決めて洋服をしまっておけば、あとは本人がローテーションで着替えるようになりました。

ただこちらが洗濯して乾かしてしまっておくだけなので、本人は季節に合わせて衣替えしたり、今日は友人たちとご飯を食べに行くからおしゃれしよう、という感覚はありません。

どうしても手近な洋服ばかり着ることになるので、服装はワンパターンになりがちでした。

家にある洋服を着るだけだとよくないと思い、コウタと一緒に洋服を買いに行ったことがありました。

洋服の買い方や店員さんとのやり取りを教える意味もあったので、まずは店員さんにコウタに似合う洋服を選んでもらいました。

店の中にたくさんある洋服の中から自分に似合う洋服をコーディネイトしてもらうことで、自分にはどんなデザインや色が合うのか体験してもらいたかったのです。

それから半年に一度は一緒に買い物に行って、コウタに買い物の仕方を教えたのです。

そのうち店員さんとも顔なじみになり、そのうち自分一人で買い物に行くようになりました。ショッピングが楽しかったというより、買い物をしたあとに、お店のポイントカードにはんこを押してもらうのが楽しみだったそう。それもすごくコウタらしいなと思います。

まあときどき、暖かくなってもいつまでも冬物のセーターを着ていたり、気に入ったコートを一年中着ていたりすることがありますが、その都度、

「衣替えといって、6月になったら半袖、10月になったら長袖になるんだよ」

と具体的に伝えれば、それをルールとして実行していました。

逆にいえば、ルールとして認識しないことに関しては、突拍子もないことをやったりも

しました。

これはコウタが社会人になってからのエピソードですが、会社の人から自転車をもらって大喜びしたコウタは、私に、

「自転車をもらった。今度、見せに行くね」

とメールを送ってきたので、私が、

「こーちゃん、良かったね。自転車、楽しみにしているね」

と返事をしたら、なんと翌日、会社の宿直室のある八王子から我が家までの20キロの距離を自転車に乗って帰ってきたのです。帰りはもちろん、主人が自転車も一緒に宿直室までコウタを送り届けました。

人から褒めてもらいたいという願望が根底にあるコウタは、このようにときどき親としては可愛らしい行動に出ることも。

アスペルガーの特徴はさまざまですが、それを欠点として捉えるのではなく、「よく頑張ったね」と褒めてあげることも大事だと思っています。

アドバイス7

子どもを守るための親の演出ごころ

私は親として徹底していたことがあります。それは、子どもに先生の悪口は絶対に言わないことでした。

コウタに関して、保育園から高専までいろいろな先生方が関わってくださいました。もちろん、中には「指導者としてどうかしら?」と思った先生もいましたが、子どもの前では先生に対しての文句は言わずに、

「どの先生もお前のことが大好きだからいろいろアドバイスを言ってくれているんだよ」

と、言い続けていました。

今振り返ると、どの先生もちゃんと私たちに向き合ってくださり、私たち親子を成長させてくださったと感謝しています。やはりアドバイス=「言霊」って大切ですね。

また、アスペルガーのように「見えない障害」のある子どもがいると、どうしても親のしつけがなっていない」と、周囲から理解されないことが多いものです。

なので、とにかく親が良い人にならなければいけない、と思っていました。もっと分かりやすく言えば、親が子どもに対して一生懸命だということを、周囲の人たちに理解してもらうことが大事なのです。

たとえば、学校行事で車椅子だった次男が転びそうになったときには、親としてはバリケードを乗り越えてでも駆けつけました。また、前の章でもお伝えしたように人が嫌がるPTA役員や自治会役員なども率先して引き受けて、先生やお母さんたちと積極的に交流するようにしました。

また、何か言われたら、必ず頭を下げること。これはもう、頭を下げるのはお芝居だと思って、子どものためなら「減るものじゃないし」と思ってやっていました。

「それで世の中が回っていくのなら、親としていくらでもやるわ」と思っていました。

学校に行くときはお化粧もしないし、アクセサリーは身に付けない。汗ダラダラになってもいつでも全力疾走できるようにスニーカー。服は泥だらけでも気にならない量販店ものを着るのが鉄則。

卑屈になるのではなく、周囲の人たちに理解して動いてもらうには、そういう演出は必要なのだと思います。毎日が子どもの命を守るための戦いをしているのだと思えば、外見など全く気にならないものです。

そこまでやっていると、周りのお母さんたちも、「あそこのお母さんはそこまで頑張っているんだから」と、味方になってくれるものです。

最初こそ、芝居している自分はありますが、そのうち自分自身、染まっていきます。それは私が幼い頃から、芝居が大好きだったからこそ自然と身に付いたものかもしれません。台本をとにかく読んでいたので、こう伝えれば人はこう動くだろう、という感覚は身に付いていたのかもしれません。

でも、当時の私はそうしないと生きていけなかったのです。プライドを捨てるのが私のプライドみたいな感じでした。


我が家の経験では、「見える障害」の次男に対しては周囲からの理解がありましたが、アスペルガーという「見えない障害」をもつ長男には、障害が表面には見えないがゆえに、なかなか理解してもらえませんでした。

次男は、いつも移動は車椅子なので見た目に「障害児」だとわかります。なので、周囲の方々は次男に関しては「大変ね。何かお手伝いすることがあれば言ってね」などと、多くの方が言ってくださいました。

なので、私はその都度、甘えて次のように言わせていただきました。

「じつは、お兄ちゃんはこだわりが強くて困っているの。友だちとも一緒に遊べないし。学校からも先生から呼び出しばかりくる。お兄ちゃんはこれだけ手がかかるのに、何も国から支援がなくて……」

と悩みを吐き出しました。すると周囲の方々の中から、

「大変ですね、では、お兄ちゃんに通院とか何かあったときは、ヤスオ君を預かりましょう」

と、言ってくださる方が現れるようになって、困った時にフォローしてもらえるようになりました。とくに力強くサポートしていただいたのは、ヤスオの医療・教育スタッフの先生方でした。見えない障害についても知識のある先生方のサポートは本当にありがたいことでした。


子どもに対して一生懸命な自分を認めてもらうことが、結果的に自分も子どもたちも守る術でした。親が自分でそういう環境を作っていくことは、健常の子どもであっても、障害のある子どもであっても同じではないでしょうか。

それが親として子どもを守ることにつながるのだと思っています。

アドバイス8
妬みをかわす心得とは

身体障害児がいる家庭は、国から手厚く援助をしてもらえます。贅沢はできませんが、主人が働いている限り、生活に困ることはありません。

我が家は持ち家で、主人が車メーカーに勤めていることもあり、夫婦で車2台を所有していました。すると、周囲が都営団地ということもあり、それだけで妬みの対象になってしまうのです。

世間様から、「障害児が2人いても、裕福な暮らしをしているからいいじゃない」などと僻みの対象になってしまうと、子どもが孤立しかねません。

そうならないための知恵として、私自身が不幸せな芝居をしているようなところも、当時はあったかもしれません。

なので、コウタのクラスメイトに家に遊びに来てもらい、車椅子の弟がいるから病院や学校に近い場所に住んでいること。弟の容体が急変したらすぐ病院へ行けるように、母親用の車も必要だとさりげなく話しました。子どもたちに話すことで、親たちにもそれは伝わりますから。

障害のある子を持っていて本当にお金がなかったら惨めですけれど、お金に困ることはなかったので、心の奥底では安心もあったのだと思います。

だから、子どもを守ろうと思った瞬間には、自分の弱さや惨めをさらけ出して泣き真似もできたし、「私は弱い人間だから、助けて」と、周囲にSOSも出せたのだと思います。

実際に、そういう状況の私たち親子に距離を置く方々もいましたが、助けてくれるお母さんたちもたくさんいました。

たとえば、電車やバスでお年寄りや身体が不自由な人に席を譲ったときに、相手から「ありがとう」と感謝されれば嬉しいですよね。やはり、誰だってボランティアされるより、ボランティアできる立場でありたいと思っているのではないでしょうか。

なので「ありがとう」とか「おかげさまで」という感謝の言葉を、助けてもらった相手には忘れずに伝えていました。

障害のある子どもを施設に預けて自分の好きな芝居の仕事に復帰する、という選択肢もあったのかもしれませんが、私は「自分の子どもに寄り添うのが、唯一無二の私の仕事」と決めた限りは、自分の惨めさを演出することがあっても、心が折れることはありませんでした。

自分が本当に惨めだとは思っていなかったので、何ともないのです。それは劇団四季などで芝居の世界を見ていたことも大きかったですね。

どこかで自分を客観的に見ている視点がいつもありました。

「作り物のドラマより、面白い人生を歩んでいるわよ」

という意識が、自分をつぶさずに生きてこられた術だったのだと思います。

アドバイス9

カサンドラ症候群にならないために

ここ数年は、発達障害に関して世間で取り上げられることが多くなりました。それと同時に、発達障害の子どもをもつ家族には二次弊害として、さまざまな問題が起こるケースが増えたように思います。

その代表的な例が「カサンドラ症候群」です。「カサンドラ」とは、ギリシア神話に登場するトロイの王女の名前です。太陽神アポロンに愛されたカサンドラは、アポロンから予知能力を授かりますが、カサンドラはその能力で将来、自分がアポロンから捨てられてしまうことを予知してしまいます。

アポロンからの愛を拒絶したカサンドラにアポロンは怒り、カサンドラの予言を誰も信じないように呪いをかけたといいます。それ以降、カサンドラが真実を伝えても、人々から信じてもらえなかった、というギリシア神話が「カサンドラ症候群」の語源です。

このように「カサンドラ症候群」は、発達障害のパートナーとコミュニケーションがうまくとれずに、自分の心情を理解してもらえないことから自信を失ってしまい、精神的、身体的な苦痛を感じる症状をいいます。

これは家族に「見えない障害」がいる人たちの共通の悩みかもしれませんね。外からは問題なく見えるアスペルガーのパートナーや子どもへの不満を口にしても、なかなか世間には信じてもらえないからです。

カサンドラ症候群は、主に夫婦間において問題とされることが多いですが、情緒的交流がうまくいかずに苦しい上、周囲は苦しんでいることを理解してくれないという二重の苦しみという点では、親子兄弟の間でも同じだと思います。

最近では、発達障害の本人が大人になってから気づくケースも多いので、本人も含め家族や周囲の人たちが、

「問題行動の多くは脳の機能障害からきているんだ」

と、理解することが大切です。そう意識することで、精神的負担がかなり軽くなることもあるようです。

じつは私の知人にも、夫がアスペルガー症候群の奥さんがいました。夫が発達障害だとわかるまではずいぶんと苦労したそうです。

突然、理不尽なことを言われて、「お前が悪い」「こんなことをするのは許せない」と一方的になじられ、その奥さんは自分が悪いと思い込み、自分を責めてしまったそうです。

そういう関係性が続くと、「カサンドラ症候群」になって、二次障害として鬱病になることも多いと聞きます。

私もその知人から旦那さんの話を聞いていたので、最初は「ずいぶん、子どもっぽい人だな」と思っていましたが、コウタと同じくアスペルガー症候群だとわかってからは、納得がいくことが多かったですね。

もともとその知人の女性は、コミュニケーション能力が高いので、アスペルガーの旦那さんに、

「私、あなたがいないと困るのよ」

と男のプライドをくすぐるようなことを言って、旦那さんのことを上手に持ち上げていました。

真面目に相手からの言葉を全部受け止めてしまうと、「カサンドラ症候群」になってしまいます。右から左に上手に受け流して、相手の良い面だけ見ておだてて伸ばすようにする、という心がけは、家族にアスペルガーがいる人には必要だと思います。

だからと言って、下手に甘やかさないほうがいいというのも、経験上、言えますね。その知人も、体調を崩してしまった時期に、同時に旦那さんの親の介護も必要になったことがあったそうです。

そのとき、アスペルガーの旦那さんは「自分がしっかりしなくては」と思ったそうで、親の面倒や家の中のことをしっかりやってくれたそうです。

アスペルガーだから仕方がない、ではなく、相手に具体的な指示を出して、やってくれたことにもきちんと言葉にして感謝する。そうすれば、決められたルールは守りたい、という特性を良い方向に発揮してくれるのです。

それでも、どうしてもストレスがたまってしまうことがあります。そんなときは、たまには気の置けない友人同士で、愚痴を言い合って発散してください。私のように大好きなアーティストのコンサートに行ったり、カラオケで大きな声で歌って発散するのもオススメです。

インターネットで同じような境遇の方たちと、悩みを共有するのもいいと思います。今はSNSの掲示板やブログでも、発達障害の方や家族にアスペルガーのいる人がコメントをアップしていたりします。

そういう意味ではいい時代になりました。ご近所づきあいやママ友以外にも、自分の居場所を作っておくのも、精神衛生上、とても良いと思います。

アドバイス10 発達障害への理解は、周囲の人たちに当事者意識をもってもらうこと

今では、発達障害の人たちのネットワークや、親子で集まる相談会も随分と増えました。私が障害のある息子たちを育てていた30年前は、同じ悩みを共有する環境を見つけるのが大変でした。

障害児を持つ親は、同じ悩みを共有するためにSNSやサークルなどを上手に利用してほしいと思います。

日々、子育てに追われていると、どうしても親自身も煮詰まってしまいます。どこかで自分の悩みを解放する場所や相手、居場所を作っておくと、とても心強いと思います。

というのも、これは私自身の実感でもあるのですが、障害児を連れて外に出かけると、「世間は冷たいな」と思うような経験をたくさんするからです。

電車に子どもと乗っているときも、露骨に嫌な顔をされたり避けられたりすることが多々ありました。

障害のある人との接し方がわからないと、「何をするのかわからなくて怖い」と思って

しまう人もいるのでしょう。

つい最近、私が目撃したのは、障害のある子どもが電車に乗っていて、興奮して騒いでしまったときに、その子どもと親に対して怒鳴り散らしていた男性です。

定型発達の子どもと違い、発達障害の子どもにはどのように接すればいいのか、もっとオープンにして理解する場があればいいと痛感しました。

発達障害に対して理解が深まれば、自分の物差しでただ非難するのではなく、一歩落ち着いて、「こういう場合はどうしてあげればいいのか、放っておいていいのか」など、対応の仕方がわかります。

当事者の私が心配するのは、発達障害を理解しない大人が、発達障害の子どもをもつことになったら……!?

とくに、発達障害の子どもを怒鳴り散らすような人に、そういう子どもが生まれるケースがあった場合、考えたくないですが、虐待など悲劇が起こる可能性も高くなるのだろうと危惧します。

「自分には関係ない」ではなく、もし仮に自分が発達障害の子どもを授かった場合、親としてどう理解して、どういう風に変われるかを想像してみるだけでも違うような気がします。

それは親としての接し方を学ぶためではありません。発達障害の人を目の前にしたときに、当事者意識が少しあるだけでも、無用なトラブルは防げると思えるからです。

現在は、グレーゾーンも含め、学校で1クラスに2名は発達障害の子どもがいるといわれています。

大人になってから自分が発達障害だと知るケースも増えています。自分の子どもは発達障害ではないから関係ない、ではなく、本やSNSなどで発達障害の現状を少しでも知っていただけたらと、願うばかりです。

アドバイス11 どうしても、わが子を愛せないと思ったときは……

「うちの子、私を困らせることばっかりして。可愛くないわ」

これは自分の子どもが定型発達、発達障害に関わらず、親なら一度くらい抱いたことのある感情だと思います。

我が家の場合、長男のコウタが私を困らせることばかりしていた時期がありました。癇癪を起こして家の中のものを壊したり、暴れたりすることが続いたときに、

「お前は母さんのことが嫌いだから、わざと嫌がるようなことばかりしていると思うこともあるんだよ。でもね、言うことをきかないことも含めて、お前のことが大好きだから。これからもずっと好きだからね。これは息子だから言っているんじゃないの。コウタそのものが好きだから言ってるんだよ」

こう伝えると、コウタは大粒の涙をぽろぽろこぼして泣き出しました。

このときの自分の感情は、半分本当、半分芝居でした。でも、ここで「お前のことを可愛いと思っている」ことを伝えないと、このままお互い、気持ちが離れ離れになってしま

う と感じたのです。

その時以来、コウタは癇癪を起して物を壊したりすることが少なくなりました。親から自分は無条件で愛されている、と言葉と抱きしめたぬくもりで感じ取ってくれたからだと思います。

こう思ったのは、私の子どものころの親との関係が影響しています。自分の親を見たときに、私自身の個性を愛してくれていたのではなく、ただ娘や息子として可愛がっていただけなのかもしれない、と思った経験があったのです。

私の兄は絵を描くのが好きで、芸術方面に進めば才能が開花したのでは、と私は思っていましたが、大正生まれの父親は兄に、「とにかく大学に行って一流企業に入れ」と言い続けました。父親としては「息子はこうあるべき」という思いしかなく、兄の性格や特性を尊重しなかったのです。

それは私に対しても同じでした。娘は女学校を出て一流企業に入って、そこで社内恋愛をして、良妻賢母になる。娘の私にはそれを期待し続けました。

私はそのように親から育てられてきた中で、心のどこかにずっと、

「それは私のことを可愛いと思っているわけじゃないわよね」

と思っていました。子どもは親の所有物ではないので、本来は、子どもの個性や人格を愛してあげないと、子ども自身は愛されたとは自覚しないのです。

親の愛とは、親にとって都合の良い人生を押し付けることではありません。子どもがどんな状況でも、その子のありのままを愛してあげること。私自身の経験からも、そう実感しています。

アドバイス12 大好きな本や歌に救われることがある

私は、子どものころから本を読んだり、歌を聴いたりするのが大好きでした。本は自分の知らない世界や知識を得て自分自身を豊かにするためのもの。そして音楽からは、自分の心を癒して前に進むためのエネルギーをもらっていました。

本の中で私がとくに影響を受けたのが、マーチン・ルーサー・キング・ジュニア牧師の「汝の敵を愛せよ」です。タイトルにもなっている「汝の敵を愛せよ」というのは、もともとキリスト教の「新約聖書」の中の教えです。それを基に、キング牧師は、「自分を迫害する相手を赦すことは和解であり、人と人との絶望的な断絶を回復する力がある」と教えます。また、

「自分の家族に暴力をふるう人を『好きになれ』と言われても、『私は好きにはなれません』と誰もが答えるでしょう。『愛せよ』とは、こちらからは『攻撃しない』ということです。攻撃してくる人は好きになれないでしょうが、好きになれない人がいるからこそ、好きな人が愛しく感じられるのです。そんなことを気付かせてくれるのですから、その人の存在

を受容しましょう」

このようなキング牧師の教えは、すんなりと私の心にしみました。

その言葉と出会ってからは、どんな相手に何を言われても、相手の不幸を願ったり、仕返ししたりせず、赦す心をもつようになりました。と言っても、嫌いな相手と無理してランチなど付き合うことはせず、自分の中できちっと線を引いて付き合うようにしてきました。


音楽からもたくさんの生きる力をもらいました。日々の生活のBGMとして「ライブエイド」から再び聴きはじめた洋楽に救われました。日本語の歌詞はストレートだから、気に障るんですよね。「元気出せ。悩むな、希望はある」と歌われても、当時の私には共感できませんでした。その点、洋楽は自分のいいように歌詞を解釈できるので、気持ちにすっと入っていけたのだと思います。

とくに救われたのは、クルド難民救済コンサートのテーマ曲になった「Simple Truth」（単純な真実）です。日本語だったら、ピンとこなかったと思いますが、英語だと心に響きました。いまでは人として生きる「指針」にしています。歌詞の内容は、

「♪子どもの命はどのようなしがらみを越えても愛され、尊ばれなければならない。それ

が大人の私たちのつとめ♪」

それまでは自分の周りのことしか目に入っていませんでした。この曲と出会ってからは、世界に少し目を向けるようになり、自分の置かれている環境に感謝する気持ちが芽生えたように思います。


また、気持ちが落ち込んでいるときは、ボブ・ディランの「風に吹かれて」をヘッドフォンで大音量で聴きながら、自分の中の怒りや不安や不満など、大声でシャウトして吐きだしたこともあります。

子どもの前では、落ち込んだ姿は見せまいと思っていた分、一人になったときに音楽を聴くことで、元気をもらったり、怒りを吐き出していたのです。

自分を悲劇のヒロインにして泣き暮らすのは簡単です。でも、気持ちが落ち込んで立ち直れないときに、大好きな歌を聴いていると、どんな励ましより心に響くときがあります。そんな心の支えを、本や歌から探してみるのもいいのかもしれません。

終　章

人生の宿題　――あとがきにかえて

出版社の方から、

「いただいた本の企画に関して、一度、お話を伺えますか？」

とメールをいただいたのは、まだ肌寒い初春でした。

じつはその日は、次男の命日。主人とお墓参りをした帰りに届いたメッセージを、私は不思議な気持ちで受け取りました。

今から10年前、ある文学賞の公募に原稿を送ったことがあります。障害をもつ息子たちのこと、娘とのことを含めた私の半生を、ドラマ「おはなはん」のように前向きに生きる主人公になぞらえて書いたノンフィクションです。

結果は落選。落胆しましたが、

「自分には文才はないのだから、仕方ない」

と、あきらめていました。

でも、あるときふと、私の心の中に「人生の宿題」という言葉が浮かんで離れなくなりました。じつは文学賞に応募するずっと前から、「書かねば」という宿題を背負っていることに気付いたのです。


私が劇団四季を辞めるとき、浅利慶太先生とこんなやり取りがありました。私は浅利先生に、

「脚本を書くために入団したのに、私は今まで1行も書いていません。もう一度、何を書きたいのか考える時間が欲しいのです」

「書きたいのなら、毎日、日記を書きなさい。そこから自分が何を書きたいのか学びなさい」

その言葉が、私への最後のご指導でした。

私は浅利先生からの言葉を思い出し、自分自身に問うたのです。

「また、あきらめるの?」


その想いに突き動かされるように、私は何度も出版社へ連絡をしました。最初の連絡には返事なし。でも、懲りずに出版社へメールを送り続けました。

「あきらめたくないのです。最後のチャンスをいただけませんか?」

その返事が、次男の命日にくるなんて。きっとあきらめの悪い母親を不憫に思った息子が、「母さん、僕のこと書いてよ」

と、天国から後押ししてくれたのかもしれません。

こうして私は、自分の想いを書きあげる、という「人生の宿題」をやり遂げることができたのです。

原稿を書いている最中に、浅利先生がお亡くなりになりました。

二度とお会いすることはないとは思っていましたが、私が本を出せば、どこかで目にしてくださるかもしれない、と思っていた私の願いはかないませんでした。

でも、先生。私は先生からの教えを40年かけてやっと形にしましたよ……。この場をお借りして、ご冥福をお祈りいたします。

本書を出版するにあたって、多くの方々にご協力いただきました。創幻舎の渡部純一社長、コスモの本の石田伸哉さま、本当にありがとうございました。

そして、私のハチャメチャな文章を一つひとつ整えてすっきり一冊にまとめあげてくださった編集担当の堤澄江さんにも、心から感謝したいと思います。


窓の外は、雪が降り出しそうな寒空です。どこかであの頃の私のように、障害をもつ子どもを抱えて泣いている家族がいるかもしれません。

この本を通じて、そんな家族に「明日へ生きる知恵と勇気」を感じてもらえますように。

「God is watching you from distance」

あなたは一人ではありません。

……この言葉を最後にお伝えしたいと思います。

平成31年2月吉日

小川　悦子

付録

知っておきたい、発達障害のこと（文責・編集部）

ここでは、発達障害について基本情報をまとめてみました。ただし、以下の記述がすべての発達障害の方に当てはまるとは限りません。「うちの子、発達障害かも？」と思ったときに知っておきたい基礎知識としてお読みください。

「年齢別　アスペルガー症候群の特徴」

まず、幼少時から思春期のアスペルガー症候群について、その特徴をお伝えします。繰り返しになりますが、以下の特徴があっても発達障害ではないケースも存在します。気になる症状があったときには、専門家の診断を受けることをオススメします。

幼児期（0歳〜小学校就学前）

言語や認知、学習などの能力が未発達の乳幼児は、発達障害の特徴となる症状が分かりにくいケースがほとんどです。生後すぐにアスペルガー症候群の診断が出ることはまずありません。しかし、幼児期に以下のような行動をとるケースが多いと言われています。

● **周囲にあまり興味を持たない**

他の子どもにあまり興味をもたなかったり、名前を呼んでも振り返らないケースが多い。定型発達の子が興味のあるものを指でさして「ブーブー、ワンワン」などと反応を示すのに対して、アスペルガー症候群の子どもは興味を表現しない傾向があります。また、視線を合わせない子どもが多い傾向もあります。

● **コミュニケーションを取るのが難しい**

会話においては、一方的に言いたいことだけを伝えたり、質問に対してうまく答えられないなどの特徴があります。定型発達の子が友達とのごっこ遊びを好むのに対し、アスペルガー症候群の子は集団での遊びにあまり興味を示さないケースが多いようです。

● **強いこだわりを持つ**

興味を持ったことに対して、集中する傾向があります。日常生活においてこだわりを持っていることが多く、手順やルールが変わるとパニックを起こしてしまうこともあります。

児童期（小学校就学～卒業）

●集団になじむのが難しい

年齢相応の友人関係ができにくい傾向があります。周囲を気にせずに、自分がやりたいことに没頭してしまう子も多くいます。基本的に一人遊びを好みます。人の気持ちを汲み取ることを苦手として、ときに周囲の人たちと衝突してしまうこともあるようです。

●臨機応変に対応するのが苦手

決められたルールに沿って行動することを好みます。いきなりルールが変更されたり、「なりゆきで」などと、あいまいなことを言われることも苦手。臨機応変な対応が不得意な傾向にあります。

状況の説明が苦手
自分の気持ちや他人の気持ちを言葉にしたり、状況を想像するのが苦手です。そのためうまく説明ができずに、周囲から理解してもらうことが困難なこともあります。

思春期～成人期（小学校卒業～）

不自然な喋り方をする
話し方に抑揚がなく、不自然な話し方が目立つ場合があります。小さな声でボソボソと早口でしゃべる傾向もあります。

雑談が苦手
目的の無い、たわいない会話をするのを難しく感じる人が多いようです。休み時間に友達同士でなんとなく集まってしゃべることは苦手で、輪の中に入りたがりません。

●興味のあるものにはとことん没頭

アスペルガー症候群の人は物事に強いこだわりをもっています。興味のあることには熱中するので、特定の分野で大きな成果をあげて、活躍するケースもあります。

「発達障害かも？　と思ったら、ここに相談」

自分の子どもが「発達障害かも？」と疑問を感じたり、悩んだりしたときは、専門機関に相談しましょう。以下のような公的機関が相談に乗ってくれるので活用してください。

発達障害者支援センター

都道府県・指定都市などに設置されている発達障害者支援センターは、発達障害児（者）への支援を総合的に行うことを目的とした専門的機関です。全国に支部があり、地域における総合的な支援ネットワークをもっており、発達障害児とその家族のさまざまな相談に応じ、指導とアドバイスを行っています。

詳しい事業内容については、お住まいになっている地域の発達障害者支援センターに問い合わせてみてください。

http://www.rehab.go.jp/ddis/

また、発達障害のことも含め、まずは気軽に児童福祉司さんなどの専門家に相談したい方は、近くの児童相談所を利用するのもいいでしょう。

全国の児童相談所

18歳未満の子どもに関わることについて児童福祉司や児童心理司らが相談に応じてくれます。（平成30年10月1日現在、全国に212カ所）
厚生労働省のホームページに、全国の児童相談所の一覧が掲載されています。お近くの児童相談所を調べて、まずは問い合わせてみてください。
https://www.mhlw.go.jp/bunya/kodomo/dv30/zisouichiran.html

保健所及び保健センター

保健所および保健センターは、地域保健法によって設置されています。「保健所」は広域的・専門的なサービスを実施し、住民に身近な保健サービスは市区町村の「保健センター」において実施されています。

そこには医師、保健師、栄養士、診療放射線技師、臨床検査技師、獣医師、薬剤師、精神保健福祉相談員、理学療法士、作業療法士、聴覚言語専門職などが配置されています。悩みや内容によって専門の担当者が相談にのってくれます。

ここ数年では「発達障害」に詳しい専門のカウンセラーや医師も増えました。まずはお子さんの気になる症状を伝えてみてください。

※参考文献　発達障害情報・支援センターホームページ「発達障害に気づく」
サイト「リタリコ発達ナビ」　https://h-navi.jp/

小川悦子　プロフィール

1953年　東京都出身。
劇団四季からテレビスタジオの美粧部の仕事に就く。結婚後は発達障害と身体障害、定型発達の３人の子育てをしながら、現在は介護士として活動中。

本文・カバーデザイン／野田由美子
編集／堤澄江（Fix Japan）

ビリで上等、ずっとLOVE

2019年2月21日　初版第1刷

著　者　小川悦子

発行人　渡部純一

発行所　創幻舎　http://sogensha.ne.jp/
〒108-0023　東京都港区芝浦2-14-13
加瀬ビル161 3F
電話 03-6269-3053　FAX 03-6269-3054

発売元　コスモの本
〒167-0053　東京都杉並区西荻南3-17-16
電話 03-5336-9668　FAX 03-5336-9670

印刷・製本　株式会社シナノパブリッシングプレス

　Printed in Japan　ISBN978-4-86485-040-7　C0077